Heinrich Hansjakob

# Der Vogt auf Mühlstein

Eine Erzählung aus dem Schwarzwald

Heinrich Hansjakob: Der Vogt auf Mühlstein. Eine Erzählung aus dem Schwarzwald

Erstdruck in: »Schneeballen. Neue Folge«, Heidelberg, Weiss, 1892.

Neuausgabe
Herausgegeben von Karl-Maria Guth
Berlin 2017

Umschlaggestaltung von Thomas Schultz-Overhage unter Verwendung des Bildes: Wilhelm Hasemann, Pfarrer Heinrich Hansjakob, undatiert

Gesetzt aus der Minion Pro, 11 pt

Verlag: Henricus - Edition Deutsche Klassik GmbH
Mörchinger Str. 33, 14169 Berlin, info@henricus-verlag.de
Druck: Libri Plureos GmbH, Friedensallee 273, 22763 Hamburg

ISBN 978-3-7437-0620-0

Bibliografische Information der Deutschen Nationalbibliothek

Die Deutsche Nationalbibliothek verzeichnet diese Publikation in der Deutschen Nationalbibliografie; detaillierte bibliografische Daten sind im Internet über www.dnb.de abrufbar.

# 1.

Zwei Stunden unterhalb meiner Vaterstadt Hasle mündet in das Tal der Kinzig das des Harmersbachs, ein Waldtal, das fast bis zu seiner Mündung rechts und links hohe, langgestreckte Tannenberge begleiten, an deren Gehängen stolze Bauernhöfe zerstreut liegen.

Tal und Bach tragen ihren Namen von einem fränkischen Adeligen Hademar, in dessen Besitz einst beide gewesen sind.

Einer der höchstgelegenen Höfe auf der rechten Seite des Harmersbaches in der Mitte seines Tales ist das große Bauerngut »auf Mühlstein«. Ein enges Seitentälchen führt hinauf zu diesem Hof.

Mühlen gibt's dort oben keine, kaum so viel Rieselwasser von der nahen Bergspitze herab, daß Mensch und Vieh sich tränken können, auch keine Steine, die zu Mühlsteinen sich eignen. Wohl aber stand dort oben unfern des heutigen Hofes einst, wie das Volk jetzt noch erzählt, ein »Schloß«. Und in dem Schloß saß vor alten Zeiten ein alemannischer freier Mann, dem die leibeigen gewordenen Keltenbauern drunten im kleinen Tale dienstbar waren, und denen er wie seinen Stammesgenossen an der Malstätte, die ein großer Stein bezeichnete, Recht sprach. Ans dem Malstein haben die Bauern späterer Jahrhunderte den ihnen mundgerechteren »Mühlstein« gemacht.

Im 4. Jahrhundert christlicher Zeitrechnung waren die Alemannen den Rhein hinaufgedrungen, hatten die Römer verjagt und die Kelten zu Knechten gemacht oder in die tiefsten Täler der Gebirge zurückgetrieben.

Soweit es schön war und fruchtbar, setzten sich die Eroberer selbst nieder. Und schön ist's im Kinzigtal und in seinem großen Seitentale, dem Harmersbacher, erst recht schön aber oben auf dem Mühlstein.

Nicht gar lange saßen die Alemannen als Herren im Kinzigtal, als ein Stärkerer über sie kam in Gestalt fränkischer Herzoge.

Der Frankenherzog Arnulf, ein Enkel Pipins von Heristal, brachte um das Jahr 712 diesen Teil Alemanniens unter seine Herrschaft, und es mag von da ab ein fränkischer Edelmann auf jener Höhe gesessen sein und auf Mühlstein Recht gesprochen haben.

»Seine Enkelin«, so erzählt heute noch der kundige Bauer, »habe als die letzte ihres Geschlechts allein auf dem Schloß gewohnt. Dieses Edelfräulein habe eines Tages mit einem ›Spektive‹[1] ins Tal hinabgeschaut und drunten drei Bauernknechte auf einer grünen, grünen Wiese mähen sehen. Der mittlere von ihnen sei ein so schöner Bursche gewesen, daß sie ihn aufs Schloß kommen ließ und ihm ihre Güter, in sechs großen Bauernhöfen bestehend, schenkte.«

Deutsch wird das wohl heißen sollen: die Erbtochter des letzten fränkischen Herrn fand Gefallen an einem schönen, jungen Knecht und schenkte ihm ihr Herz und ihre Habe, indem sie ihn zu ihrem Mann und zum Burgherrn erkor.

»Der habe«, so sagt das Volk weiter, »bei seinem kinderlosen Ableben sein Besitztum dem Kloster Gengenbach hinterlassen, wo er Christ geworden sei.«

Geschichtlich wissen wir, daß der Sohn des Franken Arnulf, Herzog Ruthard, durch irische Glaubensboten, d. i. durch aus Schottland und Irland gekommene Benediktinermönche – die deshalb vielfach nur »Schotten« hießen – das Heidentum unter den Alemannen der Mortenau, wie damals noch der Gau hieß, auszurotten suchte.

Er gründete das Kloster Gengenbach für die genannten Mönche, und diese bekehrten wohl auch den frau- und kinderlosen Herrn auf Mühlstein, der dann sein Gut an dies Kloster vergabte.

Die sechs Höfe existieren heute noch und tragen heute noch den Namen »Schottenhöfe«.

Jenseits des Berges, auf dem die Burg stand, in südwestlicher Richtung, lagen im Nordracher Tal, in Lindach und am Bäumlisberg, noch fünf weitere Klosterhöfe. Diese elf Höfe zusammen bildeten das ganze spätere Mittelalter hindurch bis zur Klosteraufhebung im 19. Jahrhundert das einzige freie Mönchsgut in diesem Teile des Kinzigtales. Ringsum waren unmittelbar oder mittelbar reichsfreie Bauern.

Die alemannisch-fränkische Burg ist längst vom Erdboden verschwunden. Nur die Namen »Schloßacker« und »Schloßbrunnen« erinnern heute noch an sie. Wo aber der Malstein einst gestanden,

---

1   Perspektiv

da ließen die Klosterherren von Gengenbach auch den Sitz ihrer Gerichtsbarkeit. Sie vereinigten ihre Klosterhöfe in eine Vogtei und machten den Bauer, der sich im Lauf der Zeit beim Malstein niedergelassen hatte, zu ihrem geborenen »Vogt auf Mühlstein«.

Unter dem Krummstab wohnten die elf Bauern weit besser als die stolzen Reichsfreien rings um sie herum. Sie ließen den Zehnten auf dem Felde liegen, wo das Kloster ihn holte, lieferten von jedem Hof jährlich einige Hühner ins Kloster und liehen dem Abte vierzehn Tage im Jahr ihre Pferde hinunter nach Gengenbach, damit er dort die Klostergüter bebauen lassen konnte. Und der »gnädige Herr« sandte ihnen jeweils ihre Gäule wohlgenährt, mit neuen Hufeisen und neuem Geschirr zurück.

Und was sie an barem Gelde dem Gotteshaus zu geben hatten, das zahlte ihnen, wie es sprichwörtlich war, »der Verkauf eines alten Geißbocks an den Klostermetzger«, so wenig war es.

Für all das waren sie Herren auf ihren Höfen; in Feld und Wald gehörte aller Ertrag schuldenfrei ihnen. Und der Klostermetzger kaufte ihnen zudem alles feile Vieh fürs Kloster ab. Er nahm es, so erzählten mir die alten Bauern, wenn es nur noch laufen konnte. Den Preis machten Metzger und Bauern bei Speck und Kirschenwasser ab, und das Kloster bezahlte ihn.

Kam ein Klosterbauer hinab ins Stift, so war er Gast an der Tafel und brauchte im Städtle Gengenbach keinen Schoppen zu trinken, wenn er nicht wollte.

Das war die gute alte Zeit, von der an Winterabenden die alten Leute in den Schottenhöfen heute noch reden und Vergleiche ziehen mit der Jetztzeit und ihren Domänenverwaltungen und Steuereinnehmereien, Vergleiche, deren Einzelheiten ich weglasse, um die Poesie der alten Zeit nicht zu stören und noch weniger die Poesie dessen, was ich jetzt erzählen will.

In der zweiten Hälfte des 18. Jahrhunderts saß auf Mühlstein ein Vogt namens Anton Muser, ein Mann nach alter deutscher Art, groß und stark und rauh am Leibe und stark und rauh im Herzen, treu ergeben seinem Abte, ein Freund und Ratgeber seiner Mitbauern und ein besorgter, aber strenger Vater. Hart gegen sich selbst, mutete er auch anderen etwas zu. Unermüdlich in der Arbeit, war er hierin ein Vorbild den Seinigen und den übrigen Klosterbauern.

Wenn er nach Gengenbach geritten kam in seinen kurzen, schwarzen Lederhosen und seinen hohen Kalblederstiefeln, seinem langen, schwarzgefärbten und rotgefütterten Flachsrock, da speiste er mit dem Prälaten, und der Vogt von Mühlstein war bei den zwei letzten Äbten Jakob Trautwein und Bernhard Schwörer ein gerngesehener Mann.

Als ihm 1774 der Sturm in einer Herbstnacht sein Haus zerstörte, baute er es auf eigene Kosten so groß und massiv wieder auf, daß die andern Schottenhöfer glaubten, was er gesagt, er baue ein Schloß. Darum sieht man heute noch seinen Hof weithin leuchten, nicht bloß ob seiner Lage, sondern auch seiner Stattlichkeit halber. Die Planzeichnungen für die Zimmerleute hatte er selber so flott entworfen, daß fortan, wenn ein Bauer seiner Vogtei etwas zu bauen hatte, er den Vogt um einen Plan bat.

Er arbeitete im Felde für zwei Knechte, und die Leute sagten von ihm, er »zwinge« in einem Tage einen halben Morgen Feld allein.

Der Vogt hatte auf diese Art bald das schönste Haus, den bestbestellten Hof, das schönste Vieh und das meiste Geld in diesem kleinen Klosterstaat. Aber der »Vogts-Toni«, wie die Bauern ihn nannten, hatte noch etwas, und das war das Allerschönste – seine einzige Tochter neben vier Söhnen. Des Vogts Magdalene war das schönste Mädchen im ganzen Kloster- und Reichsgebiet ringsum.

Schöne Vögel singen in der Regel schlecht oder gar nicht, und bei den Menschenkindern findet man vielfach etwas Ähnliches. Die Mädchen, so am schönsten singen, sind meist körperlich häßlich, und die schönen können in der Regel nur krähen.

Des Vogts Magdalene war eine Ausnahme. Sie war bildschön und sang wunderschön. In jener guten alten Zeit wurde unter unserem Landvolk noch viel mehr gesungen als heutzutag. Es ist daran viel »die Kultur« schuld, die allerlei Lumperei ins Volk gebracht, so das viele, viele Wirtshaussitzen bei den »Mannsvölkern«, und die »Maschine«, welche die Spinnräder abgeschafft und die Spinn- und Singstuben der »Wibervölker« aus unseren Schwarzwaldhöfen vertrieben hat.

Auch aus anderen Gründen ist unserem Landvolk das Singen vergangen. Der Bauersmann kämpft heute vielfach mit Schulden und bureaukratischen Plackereien, und wenn's dem Vater und der Mutter nicht »singerig« zumute ist, so mag die Jugend auch nicht singen.

Unsere Zeit hat zudem kein einziges anständiges Lied aus dem Herzen des Volkes hervorgebracht, während aus den vergangenen Jahrhunderten zahllose auf uns gekommen sind. Das Volk wird eben aus dem Naturkind immer mehr zum Kulturmenschen gemacht, und drum schwinden in ihm Natur, Poesie und Gesang.

Früher war das anders, besonders bei den Schottenhöfer Bauern und ihren reichsunmittelbaren Nachbarn in Nordrach und Harmersbach. Denen war's ums Singen. Keine Schulden und wenig oder gar keine Abgaben. Da lebte der Bauer noch »wie der Vogel im Hanfsamen«, hatte dazu, wie ein Vogel, wenig Bedürfnisse, und die konnte er nach Herzenslust stillen.

Wenn jene Bauern drunten in der Reichsstadt Zell im »Hirschen« oder im »Löwen« oder in ihren Walddörfern Nordrach und Harmersbach in den Wirtshäusern »zur Stube« eine Hochzeit hielten, da wurde nicht nur getrunken und gegessen und getanzt, sondern auch gesungen, besonders von den »Ledigen«. Und wenn des Vogts Magdalene dabei war, da scharte sich alles um sie, denn sie sang wie eine Nachtigall, und jung und alt hörte ihr bewunderungsvoll zu.

Zum schönen Singen, sagt der Bauer, müssen es aber zwei sein. Da lag drüben über dem Berg, auf dessen Morgenseite der Hof auf Mühlstein sich erhebt, ziemlich weit oben im Nordracher Tal, eine stille Strohhütte am Weg, der vom Obertal zu Dorf und Kirche Nordrach führt.

Ihr Besitzer hieß Jakob Öler vulgo Öler-Jok. Der hatte drei Söhne, alle drei gute Sänger, der beste aber war der Hans, auch sonst ein »netter Kerl« und ein braver, frischer Bursche. Wenn des Öler-Joken Hans mit Vogts Magdalene »in der Stube« zu Nordrach ein Duett sang, da wurde auch des rauhesten Bauern Herz bewegt. Und oftmals weinten die Leute vor Rührung über den schönen Zwiegesang.

Aber die zwei sangen nicht bloß andern Leuten, sondern auch sich selbst ins Herz hinein. Und zwischen dem Hans und der Magdalene schloß sich gar bald ein Herzensbund, der dem Gesang entsprossen war und den die Lieder immer wieder neu befestigten.

Der Mühlstein gehörte, wie alle Schottenhöfe, in die Pfarrei Zell. Seine Bewohner hatten aber näher nach Nordrach, darum gingen sie regelmäßig dort hinab in Kirche und Wirtshaus. So sahen sich der Hans und die Magdalene nicht nur an Hochzeits-, sondern auch an allen Sonn- und Festtagen. Und wenn der alte Vogt nicht um den Weg war, begleitete der Hans manchmal die Magdalene ein Stück weit bergauf gen Mühlstein.

Und lustig singend und jodelnd sandte er ihr noch weithin seine Grüße nach, wenn beide sich am »Stollengrund« verabschiedet hatten.

Die Mägde von Mühlstein, welche mit der Tochter in die Kirche gingen, hatten es der Vögtin längst verraten, warum die Magdalene immer etwas später und allein heimkehre.

Die Mutter hatte aber dem Vogt weiter nichts gesagt, weil Bauer und Bäuerin in jenen Tälern nicht viel einzuwenden haben, wenn die Tochter den oder jenen Burschen gerne sieht und bisweilen mit ihm tanzt und geht. Wenn's einmal Ernst gilt, das Mädchen zu verheiraten, so machen die Eltern den Hof aus, wo die Tochter hin soll, und die folgt in der Regel ohne jedes Herzweh, und der verabschiedete Liebhaber und der auserwählte Bräutigam duellieren sich deswegen nicht.

Das Landvolk aus dem Schwarzwald ist in diesen Dingen. wie wir in den »Wilden Kirschen« schon erzählt, viel vernünftiger als das gebildete Publikum in den Städten mit seinem sogenannten Ehrgefühl und seinem sentimentalen Liebeskummer.

Flammt's aber einmal in einem Naturherzen auf, so ist es kein Strohfeuer, wie bei den blasierten Kulturmenschen, sondern ein verzehrendes Feuer, das tötet – aber nie und nimmermehr durch Selbstmord, wie es bei den sogenannten »besseren und gebildeteren« Ständen so oft der Fall ist.

So ging es dem Hans und der Magdalene, vorab aber der letzteren. Sie beide gehörten zu den Ausnahmen im Liebes- und Herzensleben des Landvolkes. Darum sollte ihre Liebe auch tragisch enden.

Manches Jahr war ins Tal gegangen, seitdem des Öler-Joken Hans und des Vogts Magdalene als die besten Sänger galten, und seitdem der Hans das Mädchen an Sonntagen nach dem Kirchgang begleitete am Grafenberg hinaus gen Mühlstein.

Wenn sie auch bisweilen vom Heiraten redeten, so wurde es ihnen doch angst und bange bei diesem Thema, denn wohin sollten sie heiraten? Der alte Öler-Jok hatte drei Buben, und der Hans war der »mittlere«, also ohne Aussichten, das kleine Gut des Vaters zu bekommen, und auf Mühlstein waren Buben genug, da kam die Herrschaft an kein »Maidle«. Und als Knecht und Magd zu heiraten, das ging nicht. Es war damals noch nicht Mode, daß Leute heirateten, die kein eigenes Heim hatten.

Alle Höfe und Taglöhnergütchen ringsum waren in festen Händen und hatten sichere Erben. Zu kaufen gab es also auch nichts.

Oft sprachen sie im Walde, den der Heimweg der Magdalene durchzog, von der Hoffnungslosigkeit ihrer Liebe, die gerade wegen dieser Hoffnungslosigkeit immer stärker wurde. Und wenn der Hans bisweilen meinte, sie, die Magdalene, werde als Tochter des Vogts und als das schönste Mädchen im Kirchspiel schon »Hochziter« genug finden, und es werde Tag und Stunde kommen, wo sie ihn verlassen müsse, ihn, den Sohn des Kleinbauern am Talbach, er wolle aber dann nicht »vor ihr Glück stehen« und gerne zurücktreten, – so wollte der guten Magdalene das Herz brechen vor Weh.

So kam der Sommer des Jahres 1784 und mit ihm, wie alljährlich, die Zeit der Kirchweihen.

Bis zur Stunde haben die ehemaligen freien Reichsbauern im Harmersbacher und im Nordracher Tal und mit ihnen die Klosterbauern in den Schottenhöfen, in Lindach und Bäumlisberg ihre eigenen Kirchweihen und damit eine Reihe von festlichen Tagen.

Am zweiten Sonntag im August findet die Kirchweih in Entersbach statt, am letzten die in Nordrach, am ersten Sonntag im September in Oberharmersbach und am zweiten die in Unterharmersbach.

Da kommen die verwandten und bekannten Bauern aus all den Bergen und Tälern sich gegenseitig zu Gast auf die Höfe, wo herrliches Essen und Trinken, alles in Hülle und Fülle, aufgetragen wird; eine Reihe von Gängen, von der Nudelsupp' bis zum Kalbsbraten und vom Apfelmost bis zum Zeller Roten.

Weil gegenseitig eingeladen wird, so haben die meisten Bauern auf diese Art viermal im Jahr Kirchweih.

Und während die älteren Leute auf den einzelnen Höfen tafeln und gegen Abend erst ins Wirtshaus kommen, beginnt bei der Jugend der Tanz schon am hellen Nachmittag.

So war auch 1784 am letzten Sonntag im August die Kirchweih zu Ehren des heiligen Udalrich in Nordrach.

Man konnte da wohl fragen: Wer zählte die Völker alle, die hier zusammenkamen? Wie wir aus den »Wilden Kirschen« wissen, nennt der Kinzigtäler Bauer seine Dienstboten seine »Völker«. Und zahlreiche Völker wohnten im Nordracher Tal auf Kühlmorgen, auf dem Schrofen, auf dem Hasen- und Grafenberg, auf Schnaitberg, Rabenfels, Mühlstein, auf der Flacken, auf dem Helgenbühl, im Wolfs-, Lichter- und Stollengrund, im Bärhag und in der Rautsch. Sie zogen, diese Völker und mit ihnen die Söhne und Töchter der Bauern, an jenem Tage aus all diesen Bergen, Weilern und Höfen nach Nordrach in die »Stube« zum Tanz. Später rückten die reichsfreien Bauern nach.

Da die Nachbarn auf anderen Kirchspielen, wie schon gesagt, auch erschienen, so kamen zur Udalrichskirchweih nach Nordrach namentlich auch die Bauern, welche an der unteren Nordrach wohnten und nach Zell ins Kirchspiel gehörten, so die von Lindach, Bäumlisberg, Neuhausen und »unter den Eichen«.

Von diesen war der angesehenste der »Hermesbur«[2] von Lindach, Ulrich Faißt. Sein Hof lag auf einem Hügel unweit der Talstraße in Lindach und zeigte schon äußerlich durch Lage und Bauart, daß da der reichste Bauer des unteren Tales wohne. Seine Waldungen erstreckten sich hinauf bis zum Mühlstein, und drunten an der Nordrach verarbeitete eine stattliche Säge seine Hölzer für Straßburg, und eine lustige Mühle mahlte das Mehl für den Bauer und seine vielen »Völker«.

---

2  Hermesbauern, Hermeshöfe und Hermeswälder gibt es im Kinzigtal eine größere Anzahl in verschiedenen Gebirgstälern. Das Wort hängt wohl mit Harm in Harmersbach zusammen und waren diese Güter einst, wie bereits erwähnt, im Besitz eines Hademar oder Heriman.

Wenn der Hermesbur nach Gengenbach oder Offenburg geritten kam, so fand er bei allen Wirten eine höflichere Aufnahme als viele seiner Standesgenossen, eben weil er der reiche Hermesbur von Lindach war.

Zur Zeit, da er nach Nordrach hinaufritt zur Kirchweih, war er Witwer, aber ein rüstiger, schöner Mann trotz seiner dreiundfünfzig Jahre. Sein Weib hatte im vergangenen Frühjahr das Zeitliche gesegnet, und im Tal sprach man bereits wieder vom Hochzeitmachen auf dem Hermesberg, und bald die, bald jene Tochter des Landes ward als Braut genannt, und die guten Freunde des Hermesburen fragten ihn bei jedem Schoppen, den er auswärts trank, ob er »noch keine habe«.

So saß am Kirchweihtag zu Nordrach der Ulrich vom Hermeshof in der »Stube« und neben ihm seine zwei Gutsnachbarn, die Bauern vom Bäumlisberg und Grafenberg, der letztere ein Nordracher Reichsbauer. Droben im zweiten Stock war der Tanzsaal und die Trinkstube der jungen »Völker«.

Zu allen Fenstern drang ihr Jubel herab und herein zu den Bauern. Da auf einmal ward es oben still, und aus der Stille klang ein Duett. »Der Öler-Hans singt wieder mit des Vogts Magdalene«, meinte der Bäumlisberger. Und alles lauschte, die oben im Tanzsaal und die unten in der Stube.

Als der Gesang geendet hatte und das Lärmen und Sprechen wieder weiterging, stieß der Bauer vom Grafenberg mit dem Hermesbur an und sprach: »Ulrich, wenn ich dich wär' und eine Hochzeiterin suchte, müßte mir des Vogts Magdalene bald singen auf dem Hermeshof.«

»Das mein' ich auch«, fiel der vom Bäumlisberg ein, »auf den schönsten Hof in der Klostervogtei Mühlstein gehört auch das schönste Maidle.«

Der Hermesbur schmunzelte vor sich hin und sprach: »Des wär' der dümmst' Streich noch lange nicht, wenn der Hermesbur beim Vogt um seine Tochter anhalten tät'. 's ist gerade acht Tag', da hab' ich's selber denkt.

»Der Klostermetzger von Gengenbach war bei mir auf dem Hof. Er hat ein fettes Stück gesucht. Sie haben nächstens des Prälaten

Wahltag³ im Kloster. Von mir ist der Metzger durch meinen Wald hinauf zum Vogt, um ihm vom Klosterschaffner etwas auszurichten. Weil es gerade Sonntagnachmittag war, hab' ich ihn begleitet auf Mühlstein.

»Auf der Höhe unter den Tannenbäumen saß des Vogts Tochter mit den Mägden, und die Maidle sangen wie die Engel im Himmel. Da ist mir auch der Gedanke gekommen: Des Vogts Maidle gäb' eine für dich.

»Der Klostermetzger sprach auch davon und wollte gleich mit dem Vogt ›anbinden‹. Ich hab's ihm aber noch verwiesen. Ihr zwei seid also nicht die ersten mit dem Heiratsplan.«

»Aber«, rief vom Tisch nebenan der Bauer von der unteren Rautsch, welcher die Sache mit angehört, »des Vogts Lene geht und singt ja schon Jahr und Tag mit des Öler-Joken Hans, und die zwei sollt' man beisammenlassen!«

»Zwischen des Öler-Joken Hans und dem Hermesbur«, entgegnete der Grafenberger, »ist ein Unterschied wie zwischen dem Kaiser in Wien und dem Nachtwächter in Zell. Und wenn der Hermesbur die Lene will, kann der Hans zur Hochzeit kommen und zuschauen, wie der Ulrich sie heimführt.«

Eben hatte sich die Türe von der Straße her geöffnet, und der Vogt von Mühlstein war in seiner ganzen Größe eingetreten. Er war droben im Bärhag im »Anker« gewesen und wollte jetzt noch einen Schoppen in der »Stube« mitnehmen, ehe er den Berg hinanschritt; denn zum Reiten, was sonst allgemein Übung war in jenen Zeiten unter den Bauern des Kinzigtales, war der Weg zu schlecht und zu steil.

»Wenn man den Wolf nennt, kommt er gerennt«, rief ihm der Bäumlisberger zu. »Grad' haben wir von Euch gesprochen, Vogt, und jetzt steht Ihr da.«

»Wenn's nur was Gutes war«, meinte der Klostervogt und setzte sich zu den Kollegen.

---

3   Der jährlich wiederkehrende Wahltag des Abtes ist in Klöstern ein Festtag. Der damalige Abt hieß Jakob Trautwein.

»Vom Besten haben wir geschwätzt«, antwortete der Bäumlisberger, der heute, am Kirchweihtag, einen Schoppen mehr genommen hatte, »vom Heiraten Eurer Tochter.«

»Meine Magdalene«, erwiderte der Alte vom Berg, »ist mir nicht billig feil. Da muß schon ein rechter Bur kommen, bis ich ja sage.«

»Der recht' Bur sitzt neben Euch«, rückte der Bäumlisberger heraus, »der Hermesbur, der wird wohl recht sein. Was meint Ihr, Vogt? Und von dem haben wir eben diskurriert.«

Das gesunde Gesicht des verratenen Hochzeiters wurde röter als gewöhnlich, und noch ehe der Mühlsteiner geantwortet, rief er: »Vogt, der Bäumlisberger hat ›Kirwewi‹ im Kopf und schwätzt mehr, als er weiß und soll.«

Der Vogt, ein ernster Mann, der schon merkte, wo der Hase lief, meinte kurz und gut: »Im Wirtshaus verhandle ich mein Maidle nit. Wer etwas will, soll auf meinen Hof kommen. Und damit basta. Wir reden jetzt von etwas anderem.«

So schloß der erste Angriff auf den Hans und die Magdalene, und wenn nicht beide eben wieder ihren Zwiegesang in die untere Stube gesandt hätten, wäre nicht weiter von ihnen gesprochen worden. So aber konnte der angeheiterte Bäumlisberger es sich nicht versagen, ihr Lob zu singen mit den Worten: »Die zwei singen schöner als die Nachtigallen«; worauf der Vogt zurückgab: »Laßt sie singen, solang sie jung und ledig sind, 's wird ihnen später von selbst vergehen.«

Es sollte ihnen in der Tat bald vergehen. –

Der Vogt erzählte nun, wie er auf nächsten Donnerstag nach Gengenbach geladen sei vom Oberschaffner, um am Wahltag zu gratulieren, was er gerne tue, denn der jetzige Prälat wäre ein Freund seiner Untertanen, weil er ein guter Haushälter sei und keine großen Ansprüche an seine Bauern mache.

»Ich ginge auch mit zum Gratulieren«, seufzte der Grafenberger, »aber nur wegen der Einladung zum Mittagessen; denn da gibt's jedenfalls vom besten Bermersbacher und Durbacher, und das tät' einem durstigen Talbürle auch einmal gut.«

»Ja«, rief der Bur auf der Rautsch, »und ich wollt' auch, wir Nordracher wären Klosterburen statt Reichsburen zweiter Klass'. Die

Harmersbacher drüben, das sind rechte ›Kerle‹, die stehen direkt unter dem Kaiser; aber zwischen uns Nordrachern und Entersbachern und unserem Kaiser steht der Schultheiß von Zell, und jeder Zeller Wirt und Metzger meint, sie im Städtle wären unsere Herren. Und doch leben sie von uns und nicht wir von ihnen.

»Die Klosterburen haben doch noch einen rechten Herrn zwischen sich und dem Kaiser, der ladet seine Vögte zum Essen und Trinken ein, und jeder Bur, wenn er im Kloster was zu tun hat, bekommt seinen Schoppen und sein Stück Fleisch in der Klosterküch' oder am Klostertisch.

»Und Respekt vor den Gengenbacher Prälaten! Der Abt Augustin[4] – mein Großvater hat es oft erzählt – hat den Nordrachern helfen wollen, daß sie loskämen von Zell und rechte Reichsburen würden. Daß es nicht dazu kam, daran war die Gutmütigkeit und Dummheit der Bauern selber schuld.

»Und erst der Abt Benedikt, welcher in der Nordracher Fabrik vor einigen Jahren gestorben ist! Was hat der Mann an Verkehr ins Tal gebracht durch seine Glas-, Arsenik- und Pottaschefabrikation! Kommen nicht jeden Tag Fuhrwerke selbst von Paris her und holen von der neuen Farbe in der Fabrik hinten?«[5]

»So isch's«, fiel der Grafenberger ein. »Und das Allerschönste ist noch, daß der Prälat von Gengenbach doch eigentlich der Herr der

---

4   Augustin Müller, Abt von 1699 bis 1720.

5   Der geniale Abt Benedikt Rischer von Gengenbach hatte in der Mitte des 18. Jahrhunderts die alte Glasfabrik des Klosters von Mooswald herunter in den äußersten Winkel des Nordracher Tales verlegt und eine Kobaltfabrik zur Herstellung der berühmten blauen Farbe, die unter dem Namen Smalte bekannt ist, neu gegründet. Auch Arsenik und Pottasche ließ er herstellen. Das Kloster kam durch diese Unternehmungen in ziemliche Schulden. Die Mönche, denen der Abt auch sonst als ein strenger Herr vorkam, murrten. Da legte der große Mann seine Abtswürde nieder, zog sich in seine Fabrik zurück, neben der er ein Kirchlein gebaut hatte, und starb hier. Das Kloster aber nahm nachmals aus seiner Gründung schweres Geld ein. Es war die alte Geschichte von großen und kleinen Geistern!

Zeller und Nordracher Reichsfreiheit ist. Denn der Prälat setzt den Reichsschultheißen in Zell frank und frei, und die Zeller müssen es sich gefallen lassen. Die Harmersbacher Buren allein sind ›Kerle‹, die haben doch auch noch etwas zu sagen, wenn's auf Wählen ihres Reichsvogts geht!«

»Stubenwirt«, rief jetzt der Hermesbur, »zwei Maß Roten auf meine Rechnung, weil die Reichsburen uns Klosterburen auch noch was gelten lassen!«

»Gebt acht, ihr Reichsburen von Zeller Gnaden«, sprach sarkastisch und trocken der Klostervogt, »daß euch zwei die Zeller nicht einmal abfangen wie den Gabriel Breig in Harmersbach, wenn ihr so wenig Respekt vor der Reichsstadt und so vielen vor dem Kloster habt.«

»Ja die«, höhnte der Grafenberger, »die fangen keinen Bur meh', seitdem die Hambacher Buren ihnen die Tor' eingeschlagen und den Breig herausgeholt haben[6].

»Und i sag's noch amol, der Rautschbur hat recht. Die Zeller sind nichts als Schneider, Schuhmacher, Wirte und Krämer, die von den Buren leben; wir Buren aber, die alle schöne Höfe, Geld und Gut haben, sollen im Reich nur etwas gelten unter der Zeller Firma. Drum wollt' ich viel lieber Klosterbur als Reichsbur si.«

Bei diesen Worten ergriff er das Glas und stieß mit dem Vogt und dem Hermesbur und dem Bäumlisberger an und rief: »G'sundheit, ihr Klosterburen und der Prälat von Gengenbach sollen leben!«

»Ja«, sagte der Bäumlisberger stichelnd, »sie sollen leben, aber auch die zukünftige Hochzeiterin vom Hermesbur daneben.«

Ein Blick vom Vogt, mit dem er zuerst anstieß, genügte, um den Stichler von weiteren Anzüglichkeiten abzuhalten. –

Die Stiege zum Tanzboden mündete in die Stube, in der die Bauern saßen, und eben kamen, wie üblich, in einer Tanzpause die Spielleute herunter, um den nichttanzenden älteren Leuten eins aufzuspielen und dafür ein Trinkgeld zu verdienen. Sie gingen dabei von Tisch zu Tisch und machten jeder Tischgesellschaft ein besonderes Stück.

---

6   Über den »Bauernkönig« Breig siehe »Der letzte Reichsvogt« in »Schneeballen« I.

Als sie bei unseren Bauern gespielt hatten und im Begriff waren, wieder auf den Tanzboden zurückzukehren, rief der Hermesbur: »Schickt eure Sänger einmal herunter, sie sollen uns auch etwas singen. Sagt nur, der Vogt von Mühlstein sei da und wolle sie auch hören!«

»Meinetwegen«, sprach der Vogt, »sie sollen kommen. Weil es heute Kirchweih ist, kann man sich auch etwas mehr gefallen lassen. Ich bin sonst kein großer Freund von dem Gesing und Gejodel.«

Der Wunsch von Magdalenens Vater bestimmte den Sängerbund, alsbald herabzukommen, obwohl er sonst keine Kunstreisen, wie die Musikanten, unternahm. Sie rückten an: die Magdalene und ihre Kamerädinnen und des Öler-Joken Buben mit ihren Freunden, stellten sich in der Mitte der großen Stube auf und sangen jene alten Volkslieder, die heute längst vergessen sind:

»Von Toggenburg Graf Heinrich kam«, »Schön Ulrich wollt' spazieren gehn«, »Graf Friedrich wollte wiben«, und jenes herrliche Lied, das da anhebt:

> Es stand eine Lind' im tiefen Tal,
> Wohl oben breit und unten schmal.

Diese Lieder wurden in Kompanie vorgetragen; aber jetzt gaben der Hans und die Lene jedes auch ein Solo zum besten. Der Hans sang lustig und keck:

> Wenn alle Wässerlein fließen,
> Soll man trinken.
> Wenn ich mei'm Schatz nit rufen darf, ju ja, rufen darf,
> So tu' ich ihm winken.

> Winken mit den Augen
> Und winken mit dem Fuß,
> 's ist eine in der Stuben, ju ja, Stuben,
> Und die mir werden muß.

Warum soll sie mir nicht werden,
Denn ich seh' sie gern.
Sie hat zwei blaue Äugelein, ju ja, Äugelein,
Sie glänzen wie zwei Stern'.

Hatte er in schönem Bariton gesungen, so fing jetzt die Magdalene mit ihrer Silberstimme elegisch zu singen an:

Ach Gott, was müssen die leiden,
Die sich lieben und müssen meiden!

Und dürfen's auch niemand sagen,
Was Leids sie im Herzen tragn.

Ach Rosen rot, ach Blümlein weiß,
Du bist meines Herzens Paradeis.

Mein Herz, das hat dich auserkoren
Von allen Männern hochgeboren.

Dich hab' ich mir nun auserwählt,
Kein Schönrer mir im Herzen g'fällt.

Mein'n jungen Leib würd' ich verlieren,
Wenn ich einen andern für dich sollt' küren.

Ach Gott! Sollt' mir mein Herz nicht brechen,
Dich lieb haben und nimmer sprechen?

Das weiß schon längst der liebe Gott,
Herzliche Lieb' treibt keinen Spott.

Treu' und Glauben muß man halten fein,
Drum, bleibt mir hold und vergiß nicht mein.

Als ahnte die Magdalene, was ihr und dem Hans bevorstand, so sehr paßte das alte Volkslied auf ihre Zukunft, und sie sang es wie das Schwanenlied ihrer ungetrübten Liebe, so innig und so tiefgefühlt, daß selbst der harte Vogt mit einer Träne kämpfte. Der weinselige Bäumlisberger aber weinte wie ein Kind.

Der Hermesbur, der wohl merkte, daß das Lied der Magdalene nicht auf ihn »gespitzt« sei, wollte den »Protzen« zeigen, warf zwei Kronentaler auf den Tisch und sprach: »Das ist für die schönen Lieder, die ihr gesungen habt.«

Da trat der Hans vor an den Tisch und schob die Taler dem reichen Bauern wieder zu mit den Worten: »Hermesbur, wir singen nicht ums Geld, sondern zu unserem Vergnügen. Und wenn Euch unsere Lieder eine Freude gemacht haben, freut's uns auch; aber Geld nehmen wir keins.«

»Des Öler-Joken Buben sind stolz«. meinte der Ulrich vom Hermesberg; »sie verschmähen selbst die Kronentaler.«

»Ja«, rief jetzt die Sängerin Magdalene dem Hermesbur hinüber, »der Hans hat recht, wir sind keine Schnurranten und Musikanten, die ums Geld spielen und singen. Wir danken Euch, Hermesbur, aber bezahlen lassen wir uns nicht.«

»So, dann wirst du wenigstens einmal mit mir trinken«, entgegnete sauer lächelnd der Ulrich und streckte der schönen Vogtstochter sein Glas hin. Die Magdalene nahm das Glas, stieß mit dem Vater und den anderen Bauern an und trank dem Hermesbur wie üblich »Gesundheit« zu.

Eine weitere Maß Roten, die der Ulrich noch bestellte, trank der Sängerbund stehend mit den »Buren«[7] und machte sich dann wieder hinauf auf den Tanzboden. Der Hermesbur schaute der Magdalene nach und dachte bei sich: »Die singt doch noch auf meinem Hof, und wenn sie nit singt, so schreit (weint) sie.«

Sein Entschluß, um sie zu freien, war gefaßt. –

Spät am Abend – der Vogt war schon längst zu Fuß den Berg hinauf der Heimat zu – ritten die drei Talbauern von der »Stube« in

---

7   Ich erinnere an das, was ich in den »Wilden Kirschen« schon gesagt, daß Bur (Bauer) im Kinzigtal stets einen Hofbesitzer bedeutet.

Nordrach weg: der Hermesbur, der vom Bäumlisberg und der Bur am Grafenberg.

Vor der Sägemühle des letzteren war der Scheideweg, der den Grafenberger links, den Bäumlisberger rechts zu seinem Hofe führte, während der Hermesbur noch ein Stück weiter die Talstraße hinab gen Lindach zu reiten hatte. Beim Abschied riefen die zwei anderen dem Ulrich noch nach: »Komm gut heim und geh bald Mühlstein zu, damit wir zur Hochzeit kommen können!«

»Es pressiert nit so«, erwiderte der Hermesbur. »Zuerst will ich meinen Haber und mein Öhmd noch in die Scheuer bringen. Und wenn dann einmal die Nebel ins Tal kommen, will ich Zeit nehmen zum Heiraten. Guat Nacht!«

Noch eine Weile hörte man die Hufe der Rosse, und dann ward's still im nächtlichen Tale bei der Mühle unter dem Grafenberg.

Aus der Mühle aber lauschte eine dunkle Gestalt noch in die Nacht hinein. Es war der Sägerknecht des Grafenbergers, der, früher als die übrige Jugend vom Kirchweihtanz heimgegangen, eben sich in seiner Holzkabine niederlegen wollte, als er die drei Bauern daherreiten und sprechen hörte. Er erkannte alle drei an der Stimme und vernahm den Wunsch der zwei bei der Mühle seitwärts Reitenden an den Lindacher: »Geh bald Mühlstein zu, damit wir zur Hochzeit kommen können.«

Der Sägerknecht, ein Kamerad des Sängers Hans, murmelte für sich hin: »So, jetzt weiß ich, wo's hinaus will. Das muß ich dem Hans sagen.«

Am nächsten Sonntag erfuhr der Hans durch den Säger-Toni vom Grafenberg, daß seine Ahnung, von der Magdalene einst lassen zu müssen, sich zu erfüllen drohte. Er schwieg aber, der brave Bursche. Er wollte dem Mädchen nicht das Herz schwer machen, bevor der Streich fiel, und lustig sangen und tanzten beide noch an den kommenden Kirchweihtagen in Ober- und Unterharmersbach.

## 2.

Es kam der Herbst. Die Scheunen auf dem Hermeshof waren von unten bis oben angefüllt mit den Früchten der Erde. Auf den Höhen über dem Hof vergoldete die Sonne die gilbenden Buchenwälder des Hermesburen, während unten im Tal die Herbstnebel über die Matten sich lagerten.

Jetzt dachte der Bur daran, ehe es einwinterte auch wieder eine Frau auf den Hof zu bringen, aber eine stolze, junge, schöne, wie sie dem reichen Besitzer auf dem Hermeshof geziemte.

Die eben genannten Eigenschaften besaß weithin nur die Tochter des Vogts auf Mühlstein, und seit der Nordracher »Kirwe« hatte der Ulrich in Lindach die Magdalene endgültig als seine Braut erkoren. Er wußte nur zu gut, daß sie seit Jahr und Tag mit dem Öler-Hans gesungen hatte und gegangen war; aber das genierte ihn keinen Augenblick.

Er hatte als lediger, reicher Bauernsohn seinerzeit auch »Bekanntschaft gehabt« mit einer Taglöhnerstochter in Lindach und sie nicht geheiratet, ohne daß das »Maidle« sich grämte.

So was war ja schon oft vorgekommen ringsum in Berg und Tal, daß zwei »einander gern hatten«, wenn's aber auf Heiraten ging, auseinander kamen, weil man in der Regel »nach dem Hof« heiratet und nicht »nach der Liebe«.

Solange man jung und ledig ist in den Tälern und Bergen des nördlichen Schwarzwaldes, sucht man seinen »Gegenstand« mit dem Herzen; wenn es sich aber um die lebenslängliche Versorgung handelt, werden, wie schon oben angedeutet, Mann und Weib gesucht mit dem Verstand – das ist alte, bewährte Bauernpraxis.

Drum dachte sich der Hermesbur die Trennung des Hans und der Magdalene nicht so tragisch, sattelte am Mittag des ersten Sonntags im Oktober 1784 seinen schönsten Gaul und ritt gen Mühlstein.

Es wäre durch seinen Wald hinauf am nächsten gewesen zum Vogt, aber dann hätte der Ulrich zu Fuß gehen müssen, und das hätte sich für einen Freier von seiner Sorte nicht gut geschickt. Deshalb machte er den weiten Umweg durch Zell über den Hambe[8] und die Schottenhöfe – zu Pferd.

Der Turmwächter am oberen Tor zu Zell wunderte sich, daß der Hermesbur einen seinem Hof so entgegengesetzten Weg ritt, und meinte: »Hermesbur, habt Ihr den Weg verfehlt? Da hinaus geht's nicht nach Lindach, und zum St. Galli-Märkt in Oberharmersbach ist es auch noch zu früh!«

»Ich hab' ein Geschäft in den Schottenhöfen«, erwiderte kurz der Ulrich und ritt zum Tor hinaus.

Aber der stattliche Freier hatte noch manche Frage zu bestehen; denn von Zell bis in den Hambe, wo das Hambächle von den Schottenhöfen herabrinnt, standen, wie heute noch, verschiedene Wirtshäuser an der Straße, und da es Sonntagnachmittag war, saßen in allen mehr oder weniger Reichstalbauern und Bekannte des Hermesburen.

Da rief es in allen Redensarten zu den Fenstern heraus: »Wohin, Hermesbur? Seid Ihr auf der Suche nach einer Hochzeiterin? Wollt Ihr nicht ankehren?«

Der Ulrich kam sich vor wie einer, der Spießruten laufen muß, trieb seinen Gaul immer schärfer an den Weinschenken vorbei und war herzlich froh, als er den »Adler« im Hambe und damit das letzte Wirtshaus und die letzten Zurufe hinter sich hatte.

Ein gar stilles, weltabgelegenes Tälchen führt vom »Adler« aufwärts zu den Schottenhöfen und weiter hinauf zum Mühlstein. Nur selten trifft man von unten her ein Haus oder eine Mühle.

Während der Ulrich siegesgewiß tief unten den schmalen Weg am Bächlein hin sein Rößlein trieb, saß die Magdalene auf der Höhe über dem Hofe ihres Vaters.

An Sonn- und Feiertag-Nachmittagen ist es für die Leute auf den abgelegenen Berghöfen ziemlich einsam. Ins Wirtshaus im Tal drunten ist es zu weit, und oft liegen auch die Nachbarhöfe zu weit ab. Darum geht zur Sommers- und Herbstzeit alles in die freie Natur; die Jugend singt und sinnt vom Berg ins Tal hinab, und der Bauer und die

---

8  Abkürzung für Harmersbach.

Bäuerin wandern an Feld und Wiese hin und schauen, »wie es wächst und gedeiht«.

So saß heute auch die Magdalene mit den Mägden droben über dem Vogtshof auf der »Haldeneck«, wo sie über Berge und Täler wegsah bis hinab zum Rheinstrom und wo es sich gut singen und gut sinnen ließ.

Es war an jenem Oktobertage besonders schön auf der Haldeneck. Die Blätter des großen Buchenwaldes, der vom Hermeshof bis zur Höhe zog, waren goldig, und die lichten Föhren des Waldes gen Nordrach hinunter glänzten wie verklärt in den milden Strahlen der Herbstsonne, und über der ganzen weiten Natur lag echter Sonntagsfriede.

Nur in dem »Dobel«, der vom Grafenberg heraufzieht, hielten die Raben eine Herbstversammlung, und ihr Gekrächze klang unheimlich in die sonstige Stille.

»Ich weiß nicht«, sprach zu des Bauern Tochter die Marianne, eine alte Magd, die schon auf dem Vogtshof gewesen, da die Magdalene auf die Welt kam – »das Geschrei der Vögel im Dobel drunten will mir gar nicht gefallen. Das bedeutet nichts Gutes. Als deine Großmutter krank lag, bin ich auch einmal da oben gewesen an einem Sommertag, und die Vögel haben auch so wüst getan, und in jener Nacht ist sie gestorben.«

Sie hatte diese Worte kaum gesprochen, als vom Hof herauf der Hirtenbub gelaufen kam und, da er die »Wibervölker« erblickte, schon von weitem rief: »Magdalene, du sollst gleich heimkommen, der Hermesbur ist beim Vater und bei der Mutter!«

»Der kommt gewiß«, sagte hastig die Marianne, »und will beim Vater um dich anhalten, Magdalene. Diesmal bedeuten die Vögel Glück und nicht Unglück.«

»Herr Jeses!« rief erschrocken die Magdalene, »Unglück verkünden sie und nichts anderes«, und sie sprang wie ein gescheuchtes Reh in den Föhrenwald hinein und verschwand. –

Mitten im Walde, eine gute halbe Stunde vom Mühlstein entfernt, liegt in einer Mulde, Stollengrund genannt, der Stollenhof. Bis hierher eilte durch Dickicht und Tannengrün das Mädchen, von Angst und

Schrecken gejagt. Die alte Bäuerin auf dem Stollenhof war seine »Göttle«[9]. Zu der flüchtete sie und klagte ihr Leid: Der Hermesbur sei auf Mühlstein und werde wohl um sie anhalten; sie wolle ihn aber nicht und lasse sich auch nicht sehen.

Und als die Alte staunte, ob sie denn ihr Glück verscherzen wolle, der Hermesbur habe den schönsten schuldenfreien Hof weit und breit und sei ein rechtschaffener Mann – da rief das aufgeregte Patenkind: »Und wenn er so reich wär' wie der Prälat im Kloster drunten und so brav wie der Einsiedler auf dem Josephsbergle bei Gengenbach, ich könnt' ihn nicht gern haben.«

»Dumm's Maidle«, sagte ruhig die Stollenbäuerin, »bei uns Landvolk heiratet man nicht nach dem Gernhaben. Ich hätte vor vierzig Jahren, als wir Hochzeit machten, den Knecht auf dem Rautschhof auch lieber gehabt als den Bur im Stollengrund; aber ich hab' den Bur doch genommen und hab's nie bereut. Wenn man einmal geheiratet ist und zu sorgen und zu denken hat, so vergehen einem die Possen der Jugend von selbst. Und so wird's dir auch gehen. Sei also g'scheit und nimm den Hermesbur. Er ist zwar viel älter als du, aber das gibt die besten Ehen, wenn ein älterer Mann ein junges Maidle heiratet. Und das Sprichwort sagt: ›Beim a Alte isch man guat g'halte.‹«

»Ich hab'«, fuhr die Göttle fort, »schon öfters gehört von den jungen Völkern auf unserem Hof, daß du mit des Öler-Joken Hans tanzest und singest. Aber vom Tanzen und Singen ist man nicht versorgt, sondern auf einem guten Hof, und zu einem Hof kommt der Hans seiner Lebtag nit.«

Die Magdalene hatte, mit den Bändern ihrer Sonntagsschürze spielend und vor sich niederschauend, die praktische Verstandespredigt der alten Bäuerin angehört. Jetzt schaute sie auf, und mit ihren dunkeln Augen die Büre fixierend, sprach die Sängerin: »Göttle, wenn Ihr so schwätzt, dann wißt Ihr nicht, was Liebe heißt, und habt es nie gewußt. Ich sag' Euch nur, ich kann den Hermesbur nicht heiraten, und wenn man mich zwingt, gibt's ein Unglück. Und Ihr und der

9 Taufpatin.

Vater und die Mutter werden dann erst begreifen, daß die Liebe keine ›Posse‹ ist, wie Ihr meint.«

»Ich bin jetzt fünfundsechzig Jahre alt«, antwortete die Göttle, »und hab' viele junge Maidle im Tal gekannt. Die jungen Bürinnen auf dem Schnaitberg, auf dem Hasenberg und im Bärhag sind meine Göttlekinder gewesen; aber keine hat solche Komödie gemacht wie du und von Liebe geredet, wenn es sich ums Heiraten gehandelt hat. Aber auf dem Mühlstein ist immer etwas Besonderes gewesen. Dein Vater hat schon oft gesagt, dort wachse der beste Buchweizen und der schönste Hanf. Und du bist eben scheint's auch besonders geartet und anders als die anderen Maidle.«

»Göttle«, erwiderte die Magdalene, »der Mühlstein ist der höchste Hof. Er ist dem Himmel und der Sonne näher als die anderen, darum gedeiht auch vieles besser als im Tal drunten und im waldigen Stollengrund. Und wenn ich als, wie heute, auf der Haldeneck über des Vaters Hof sitze und singe, Berge und Täler unter mir, so glaube ich oft, ich sei glücklicher und hätte mehr Recht als andere Maidle. Und drum will ich auch das Recht, nur einen zu heiraten, den ich von Herzen gern habe.

»Unsere alte Magd, die Marianne, hat mir oft erzählt von jenem Edelfräulein, das da oben wohnte und welches einem armen Knecht, der ihm gefiel, alles schenkte. Gewiß sind in jener Zeit auch vornehme Herren im Lande gewesen, die das Edelfräulein heiraten wollten; es hat aber den Knecht vorgezogen. Und so ist mir auch des Öler-Joken Hans ohne Haus und Hof lieber als der reiche Hermesbur.«

»Behüt' uns Gott!« rief die Alte, die Hände zusammenschlagend. »Jetzt will sich das Maidle gar mit einem Edelfräulein vergleichen, das macht, was es will! Nun, dein Vater wird dir schon den Meister zeigen. Ich aber will beten für dich, daß der ›böse Geist‹ von dir weiche.«

»Ja, Göttle«, sagte ruhig die Lene, »und ich will auch beten in der Wallfahrtskapelle der Mutter Gottes zur Ketten im Tal drunten, damit mich ein baldiger Tod erlöse von der Qual, wenn der Vater mich zwingt auf den Hermeshof.«

Die beiden waren allein in der Stube. Der Stollenbur war drunten im Dorf, er hatte mit dem Schmied zu reden, und die »Völker« waren drüben beim »Waldhans«, dessen Häuschen über dem Stollengrund im Walde stand.

Die Stollenbüre sah bald ein, daß sie ihr Göttlekind nicht bekehren könne, und da sie sonst eine gute Frau war und es ebensogut mit der Magdalene meinte, ließ sie mit ihrem Zureden und ihren Vorwürfen nach. Sie lud das Mädchen ein, mit ihr eine Milchsuppe – Kaffee gab es damals noch keinen – zu Abend zu essen und sich dann auf den Heimweg zu machen.

Die Magdalene wollte möglichst spät heimkommen, damit Vater und Mutter zur Ruhe wären und ersterer seinen Unmut über ihre Flucht nicht am Abend noch Luft machte.

Sie konnte sich nicht denken, daß die Marianne den ersten Zorn abgewandt hatte. Dieser alten Person kam – vom natürlichen, feinen Gefühl des Weibes geleitet – bei der Flucht der Magdalene gleich eine Ahnung, diese sei geflohen, weil sie den Hermesbur nicht wolle. Es kam ihr auch alsbald in Erinnerung, daß des Öler-Joken Hans die Magdalene schon öfters am Grafenberg herauf begleitet und sie, die Marianne, schon oft vom »schönen Singen« der beiden gehört hatte.

Auch ein einfältiges Weiblein ist in solchen Lagen weit schlauer und gefaßter als der gescheiteste Mann. So war auch der Plan der alten Magd alsbald fertig. Dem Hirtenbub, der als Postillon d'amour so schlechten Erfolg gehabt, bedeutete sie, nichts zu sagen von dem Verschwinden der Magdalene, den Bericht an »den Bur« aber ihr zu überlassen.

Sie wanderte nun mit dem Buben von der Haldeneck dem Hof zu, und hier angekommen, meldete sie dem Bur, »'s Maidle«[10] sei den Nachmittag über mit ihr auf der Haldeneck gesessen und dann, wie schon oft, zur Göttle in den Stollengrund hinabgegangen und werde, wie gewöhnlich, zum Abend daheim sein.

---

10  Wenn auf einem Hof nur eine einzige Tochter ist, heißt sie in der Regel nur »'s Maidle«.

Diese Botschaft traf den Vogt am Stubentisch, wo er mit dem Hermesbur bei Speck und Kirschenwasser saß. Die Bäuerin trug eben noch eine Platte voll »eingeschlagener Eier« auf.

Die drei waren bereits einig. Der Vogt hatte, als der Hermesbur gegen den Hof ritt, schon geahnt, was dieser wolle, und der Ulrich nach seiner Ankunft auch nicht lange hinter dem Berg gehalten. »Geschwätzwerk« und einleitende Redensarten sind nicht Mode bei rechten Bauern.

Ebensowenig ließ es der Vogt auf die Anfrage des Hermesburen, ob er seine Tochter »haben könne«, an kurzer, prompter Antwort fehlen.

Wenn zu sogenannten gebildeten und kultivierten Eltern ein Freier kommt, auf den sie schon längst gehofft und gewartet haben und der ihnen hochwillkommen ist, so bringen sie doch in der Regel noch allerlei verlogene Redensarten vor von Bedenkzeit und Überlegung. Auch müssen sie noch »das Herz« der Tochter fragen, selbst wenn sie wissen, daß diese hundertmal ja sagt und ebenso von Herzen froh ist, wie die Alten selbst, daß endlich einer gekommen, der Versorgung bietet.

Der Vogts-Toni antwortete ehrlich und kurz: »Hermesbur, ich kenne Euch und Euern Hof. Ich gebe meine Tochter nicht jedem, aber Ihr seid mir der rechte Mann, Ihr sollt sie haben.« Die Bäuerin wurde aus der Stubenkammer gerufen und ihr die Sache ebenfalls mitgeteilt. Auch sie gab ihren Beifall; alle drei reichten sich die Hände, und damit war's abgemacht.

Im ganzen Reichs- und Klostergebiet des Kinzigtales hätte sich keine Bauerntochter gefunden, die mit der Abmachung nicht höchlich einverstanden gewesen wäre. Drum war vom »Maidle« nur die Rede, um sie dem Freier vorzustellen und ihr die fertige Tatsache mitzuteilen.

Als die Marianne mit der Botschaft kam, das Maidle sei bei der Göttle, änderte das an der Sache selbstverständlich nichts. Der Vogt äußerte nur: »Das hat nichts zu sagen. Am nächsten Sonntag bring' ich die Lene hinunter auf den Hermeshof ›zur Beschau‹.

»Es wäre zwar unnötig«, fügte er hinzu, »Euern Hof zu beschauen, aber 's ist einmal so Mode, und das Maidle soll auch sehen, wo es hinkommt.«

All dessen war der Ulrich baß zufrieden. Der Vogt schlug ihm nun vor, sein Pferd durch einen Knecht hinabführen zu lassen bis zum »Adler« im Hambe, und dann wolle er ihn zu Fuß bis dorthin begleiten. Sie könnten so unterwegs noch über die Sache weiterreden.

Während beide bergab und das Tälchen der Schottenhöfe hinausschritten, teilte der Mühlsteiner dem Hermesbur mit, wie er »im Vermögen stehe«. Sein Hof sei schuldenfrei, beim Klosterschaffner in Gengenbach habe er zehntausend Gulden zum Verzinsen stehen, und der Adlerwirt im Hambe habe auch noch tausend Gulden von ihm. Er werde dem Maidle tausend Gulden bar, einen Hausrat und dreihundert Ellen Leinwand mitgeben.

Der Ulrich beichtete alsdann auch dem zukünftigen Schwiegervater, daß er außer seinem großen, schuldenfreien Hof noch siebentausend Gulden Kapital auf der »Papiere« (Papierfabrik) in Zell und auf der Fabrik in Nordrach stehen habe und die Magdalene jedenfalls bei ihm »ungesorgtes Brot« esse. Es wäre ihm aber lieb, wenn die Hochzeit in Bälde stattfände, noch vor Eintritt in die Adventszeit; denn er wolle eine »lustige Hochzeit« haben, und man solle in den Tälern und auf den Bergen wissen und merken, daß der Hermesbur des Klostervogts Tochter heirate.

Unter diesen und ähnlichen Reden kamen die zwei Klosterbauern hinab ins Reichstal Harmersbach, in dessen Mitte der »Adler« stand.

Es war noch an der Zeit, zwischen Tag und Dunkel, und es saßen die dem »Adler« zunächstwohnenden Bauern noch beim Wein und Kartenspiel: der Schreilesbur, der Herrenbur, die Bauern auf dem Hippersbach und Kürnbach. Unter den letzteren der Lunzenbur Gabriel Breig, damals noch in seiner Glanzperiode als Bauernkönig.

Er hatte heute einen guten Tag und schimpfte nicht über die »Herren«. Nur als der Klostervogt eintrat mit seinem zukünftigen Schwiegersohn, konnte er sich nicht enthalten, dem Vogt das Glas entgegenstreckend zuzurufen:

»Grüß Gott, Muser-Toni! Du bisch bigott der einzig Herr in unseren Tälern, vor dem ich noch Respekt habe. Die anderen sind luter Schnidersg'selle!«

Die Gesinnungsgenossen Breigs, lauter echte Reichsbauern und keine halben wie die Nordracher, stimmten laut lachend zu.

»Heut gibt's noch einen Extratrunk«, rief der Schreilesbur. »Denn ich wett', der Hermesbur isch als Hochziter auf dem Mühlstein gsi (gewesen). Drum isch er so stramm do vorbeig'ritten.«

»Kannst recht haben«, schmunzelte der Ulrich. »Und 's kommt jetzt auch auf ein paar Maß nicht an.«

Da gab's erst Leben in der Stube. Alle gratulierten dem Vogt und dem Hermesbur und freuten sich, wieder einmal »eine rechte Hochzit« mitmachen zu können.

»Aber«, warnte der Vogt boshaft, »ihr Harmersbacher dürft nur zur Morgensupp' auf den Mühlstein kommen, von der Hochzit in Zell werdet ihr wegbleiben müssen. Der Gabriel zum vorweg, aber auch die anderen, weil ihr dabei waret, als die Harmersbacher die Stadt überfallen und den Breig geholt haben.«

»Was?« rief der Bauernkönig. »Ich und die Unterharmersbacher gehen schon lange wieder nach Zell. Wir sind jeden Sonntag dort in unserer Pfarrkirche, wo wir hingehören. Und wenn die Zeller uns die Kirche verwehren wollten, käme der Prälat hinter sie, denn der ist doch ihr Hauptherr, der setzt ihnen den Schultheißen und den Pfarrer.

»Die Zeller sind aber auch sonst schon lange wieder froh, daß wir Talburen kommen und ihre Bratwürste und Wecken essen und ihren Wein trinken. Also wir kommen zur Hochzit. Zum ›Schäpelhirschen‹[11] schicken wir unsere ›Völker‹, und zur Morgensupp' werden wir ›Hambacher Buren‹ auf Mühlstein sein und dann mit hineinreiten nach Zell. Die Zeller sollen auch wieder einmal sehen, was eine rechte Bauernhochzit heißt, und daß wir ›Bure‹ andere Kerle sind als die armseligen Reichsbürgerle an ihren Backtrögen, Hobelbänken und Webstühlen.«

---

11  Eine Art Polterabend; siehe in meinen »Wilden Kirschen« das Kapitel »Der Hosig«.

»Aber ein paar Maß müßt ihr zwei jetzt zahlen. Seitdem ich im Gefängnis in Zell auf Langeweile getrunken habe, bin ich meineidig durstig geworden.«

»Du hast halt immer ein böses Maul, Breig«, erwiderte der Vogt, »aber ein Kaib[12] bist du doch. Also es bleibt dabei, ihr Hambacher reitet mit auf dem Kirchgang. Und jetzt, Adlerwirt, Wi her für die durstigen Reichsburen.«

Der Mond schaute schon ziemlich lange über den Nillwald ins Harmersbacher Tal, als die Bauern sich trennten. Der Vogt ging mit seinem Knecht, der des Hermesburen Gaul herabgeführt und tapfer mitgetrunken hatte, spät durch die Schottenhöfe hinauf dem Mühlstein zu.

Dort hatte sich indes auch eine Unterredung zwischen der Bäuerin und der alten Marianne abgespielt. Diese war gleich nach dem Weggang der beiden Bauern wieder in die Stube gekommen und hatte der Mutter den wahren Vorgang auf der Haldeneck erzählt und die Flucht der Magdalene begründet mit dem Hinweis auf des Öler-Joken Hans.

Der Vögtin ging jetzt »ein Licht auf«. Sie hatte ja schon vor Jahr und Tag von den jungen »Völkern« gehört, daß der Hans mit der Magdalene singe und tanze, aber diesem Bericht wenig acht gegeben und, wie wir oben schon erwähnt, es nicht der Mühe wert gehalten, den Vogt auf Dinge aufmerksam zu machen, die im Kinzigtal noch nie einer ernsten Heirat Hindernisse bereitet hatten.

Sie hoffte alles von des Vaters Ernst und beschloß, diesem am Abend noch, gleich nach seiner Heimkehr, Kenntnis zu geben von des Maidles Flucht von der Haldeneck und von deren Ursache.

Die Marianne aber sandte sie der Magdalene entgegen, dem Stollengrund zu, damit diese bei der Heimkehr sich nicht mehr sehen lasse und den Sturm auf morgen erwarte.

Mitten im Wald traf die Alte das Mädchen, teilte ihm mit, wie sie den Vater schlau beschwichtigt und nur der Mutter alles erzählt habe. Sie redete ihm auch zu, doch keine Närrin zu sein und durch Neinsa-

---

12  Schlauer, gewandter Mensch.

gen den reichen Hermesbur auszuschlagen und des Vaters Zorn heraufzubeschwören. Sie sei ja »sein Augapfel«, seine einzige Tochter, und diese wohlversorgt zu sehen, seines Alters Trost.

»Mein Vater«, sprach aufgeregt das Maidle, »hat gut reden. Er muß ja den Hermesbur nicht heiraten, er sieht nur auf den Hof; ich aber kann mit keinem Mann leben, den ich nicht mag. Das hab' ich der Göttle schon gesagt, die geradeso geschwätzt hat wie du.«

Die Marianne schwieg. Sie hatte schon oft gesagt: »Unser Maidle ist wie ein Edelfräule«, und getraute sich demgemäß aus Respekt vor der Magdalene nicht weiter zu widersprechen.

Auf Mühlstein angekommen, schlichen beide in die Kammer, in der die Tochter des Hauses mit den Mägden schlief.

Es war totenstill auf dem Hof, als der Vogt heimkam. Selbst der Hund schwieg, denn er kannte den Herrn von weitem am Schritt und an der Stimme. Man hörte nur den Brunnen unter dem großen Strohdach des Hofes eintönig seine Wasser in den Trog rollen.

Alles schien in tiefem Schlaf. Doch zwei Seelen wachten im Hause, die Mutter und die Tochter. Die erstere wollte, wenn der Bauer heimkäme, ihm noch beichten, was sie versäumt – des Maidles Neigung zum Öler-Hans. Sie wollte es heute noch tun, um einerseits ihr Gewissen zu entlasten, das ihr Vorwürfe machte über ihr Schweigen, und um anderseits den Vater zu unterrichten, falls das Maidle am Morgen widerspenstig wäre.

Warum die Magdalene keine Ruhe fand, brauchen wir nicht zu erklären. Wie ein Blitzstrahl war der Hermesbur in ihr Singen, Hoffen und Träumen hineingeritten, da er am verflossenen Nachmittag auf seinem Braunen dem Mühlstein zutrabte.

Aber noch eine Seele schlief nicht in jener Nacht. Es war der Hans. Tief unten im Tal, unter dem Stollengrund, unweit von des Öler-Joken Strohhütte, stand und steht heute noch eine Mühle. Sie gehörte zu den Rautschhöfen und mahlte für die Bauern, die auf den Höhen ringsum saßen.

Der Hans fungierte zeitweilig, d. h. wenn das Bächlein Wasser hatte und die wenigen, aber begüterten Bauern Mehl brauchten, als »Mühlarzt«. Dies tat er auch an jenem Oktobertag. Die Ernte, selbst der Hafer, war eingeheimst, und es drängte alles nach Mehl, aber der Bach hatte, wie alljährlich um diese Zeit, wenig Wasser.

Wenn's dann einmal einen Tag tüchtig geregnet hat und die Wässerlein von den Bergen und auf den Wiesentälern herabsickern, werden schnell die Mühlen »angelassen«, und es wird gemahlen Tag und Nacht, solange die Wässerlein fließen.

Da gibt's kein Warten. Und so hatte unser Hans auch am Sonntagnachmittag seine einsame Mühle laufen lassen und mußte und wollte die Nacht »durchmahlen«.

Er hatte eben – es war gegen zehn Uhr – wieder frisch »aufgeschüttet« und wollte sich auf seinen Laubsack legen im Stüblein ob dem Mahlgang, bis das Glöcklein ihn wecken und ihm den »Leerlauf« ankündigen würde, als ihm draußen eine Stimme zurief: »So, Hans, bist auch noch am G'schäft?«

Der Mond war hinter dem waldigen Rautschkopf über der Mühle aufgegangen, und Hans konnte den Rufer auf dem Weg leicht erkennen. Es war der »Rumme« (Roman), der Oberknecht auf dem unteren Rautschhof, sein Freund und Mitsänger.

Ehe er ihn fragen konnte, woher so spät – rief ihm der Rumme wieder zu: »Hans, jetzt ist's ausgesungen mit des Vogts Magdalene. Der Hermesbur ist heute auf Mühlstein geritten und hat um sie angehalten. Sein Knecht, der Isidor, ist den Abend im Dorf oben gewesen und hat mir's gesagt. Hab' mit ihm in der ›Stube‹ einen Schoppen getrunken.«

Menschen auf dem Volke, Naturkinder, Schneeballen, haben in der Regel gute Nerven, sind nicht so empfindsam wie die Kulturmenschen und geraten darum bei Ereignissen und Mitteilungen, die das Gemüt bewegen, nicht leicht auf der Fassung.

So ging es zuerst auch dem Hans, dem die Neuigkeit des Rumme zudem nicht ganz neu war.

»Ich wünsch' dem Hermesbur Glück«, rief er bitter auf das mondhelle Sträßchen hinunter. »Er wird wohl nicht umsonst anhalten beim Vogt. Der Hermesbur hat einen schönen Hof, und da wird's nicht fehlen. Ich hab' schon vor ein paar Wochen von der Sach' gehört durch den Toni, den Sägerknecht am Grafenberg. Aber die Magdalene dauert mich.«

»Und du dauerst mich auch«, meinte der Rumme, »denn das wär' a Maidle für dich gsi. Schon wegen eurem schönen Singen hättet ihr zwei zusammengehört.«

»Es haben schon viele zusammen gesungen«, erwiderte kurz der junge Müller, »und sind nicht zusammengekommen. Doch jetzt gute Nacht, Rumme, komm gut heim.«

»Gute Nacht, Hans; ich käm' noch ein wenig zu dir hinauf, und wir hätten eins gesungen – einen Schnaps wirst auch noch haben –, aber 's wird dir heute nimmer singerig sein.«

Nach diesen Worten ging der Rumme der Rautsch zu.

Der Hans schloß sein Fensterlein und legte sich auf seinen Laubsack. Es war ihm in der Tat nicht mehr singerig zumute; aber auch der Schlaf war fort, fort für die ganze Nacht. Das Mühlenglöcklein brauchte ihn nicht zu wecken, und als in der Frühe der Hirtenbub vom Hof herabkam und ihm das Frühstück brachte, Kartoffelsuppe und Bibeliskäs, da hatte der arme Hans noch »kein Aug' voll« geschlafen. Das Weh war mit jeder Stunde der Nacht heftiger geworden.

## 3.

Der verhängnisvolle Morgen auf dem Mühlstein brach an. Noch stand die Sonne hinter dem Kniebis, als das weibliche Gesinde auf dem Hof unter dem Strohdach heraustrat, um an die Arbeit zu gehen. Und heute gab's eine lustige Arbeit für die »Wibervölker«, es sollte Hanf gebrochen werden.

Es gehören zu diesem Geschäft sonnige Herbsttage. Wenn die Äpfel an den Bäumen sich rot färben, die Blätter im Buchenwald gelb, die Tannen hellgrün schimmern in den blassen Sonnenstrahlen, da geht's auf den Höfen des Schwarzwaldes ans Hanfbrechen.

Frisch und froh stehen da die Mägde und Töchter des Hofes in ihren kurzen blauen Zwilchröcken und den roten Kopftüchern an den buchenen »Knitschen« und zerschlagen mit kräftigen, entblößten Armen den Hanf zwischen den scharfgeschnittenen Hölzern.

Kommt ein »Mannsbild« des Wegs, so wird ihm schäkernd und lachend ein Hanfbündel auf den Rücken geschlagen, daß die »Häcksel« davonfliegen; denn er hat heute nichts in diesem Reiche der Damen zu tun.

Die Mädchen auf Mühlstein, unter ihnen die Magdalene, hatten eben erst die »Knitschen« auf einen freien Platz oberhalb des Hofes gestellt und die Hanfgarben dahingetragen, als die Bäuerin zum Morgengebet und zur Morgensuppe rief.

Der Bauer teilte nach der Mahlzeit die Arbeit unter die Buben und Knechte aus, und dann verließen »die Völker« die Stube, jedes aus dem an dem Türpfosten hängenden Weihwasserkesselchen sich besegnend. Als auch die Magdalene den anderen nachgehen wollte, sprach der Vogt: »Das Maidle bleibt da, ich habe ihm noch etwas zu sagen.«

Nachdem die Völker alle aus der Stube waren, stellte sich der Vater vors Maidle hin und eröffnete ihm: »Gestern war der Hermesbur hier und hat um dich angehalten. Ich habe ihm das Jawort gegeben und versprochen, am nächsten Sonntag mit dir hinunterzukommen nach Lindach ›zur Beschau‹.«

»Vater, ich kann nicht«, zitterte es aus dem Munde der Tochter, die den strengen Mann fürchtete.

»Du kannst nicht?« antwortete schon gereizt der Vogt. »Der Hermesbur ist der erste Bur weit und breit, sein Hof der schönste im Nordracher Tal. Da möcht' ich sehen, wo das Maidle wäre, das nicht mit Freuden auf solch einen Hof heiratete!«

»Vater«, entgegnete die Magdalene, »der Hermesbur ist ein rechter Mann und hat einen rechten Hof, aber ich kann nicht.«

»Du kannst nicht?« rief jetzt der Alte zornig. »Ich weiß, warum du nicht kannst – wegen der lumpigen Singerei mit dem Hans. Aber ich will dich lehren, daß du kannst. Der Vogt von Mühlstein gibt kein Jawort und hält es nicht. – Du kannst dich besinnen bis am Sonntag. Und jetzt geh an deine Arbeit.«

Die Magdalene ging schweigend der Türe zu, nahm tränenden Auges das Weihwasser und gesellte sich draußen zu den Mägden, die bereits »knitschten«, daß Berg und Tal davon erschallten, und wohl merkten, was in der Stube vorgegangen sein mochte.

Stumm und still, statt wie sonst lachend und singend, vollbrachte die Magdalene ihre Arbeit. Und noch nie, meinten die Mägde, sei es so langweilig gewesen auf Mühlstein beim Hanfbrechen als in jener Woche nach des Hermesburen Freiersritt.

Am Samstagabend sagte der Vogt nach dem Nachtessen, als Vater, Mutter und Kind allein waren: »Das Maidle geht von morgen an nicht mehr in die Kirche nach Nordrach; auch wird drunten nicht mehr gesungen. Es soll fortan in die Kirche nach Zell, und morgen gehe ich auch mit, und ›nach der Kirche‹ geht's auf den Hermeshof zur Beschau.«

»Vater«, sprach jetzt abermals schüchtern die Magdalene, »ich kann nicht mitgehen auf den Hermeshof.«

»Und wenn du nicht kannst, so mußt du, so wahr ich der Vogt auf Mühlstein bin!« schrie der Alte. »Eher hänge ich dich an den nächstbesten Baum auf der Haldeneck droben, als daß du einen anderen Mann bekämest als den Ulrich Faißt auf dem Hermesberg.«

»Von heut an«, sprach er weiter, »kommst du mir nicht mehr unter die Augen, bis zu dem Tage, da du willst. Draußen in der Küche soll die Mutter dir dein Essen geben; mit mir darfst du nicht mehr am Tisch sitzen. Ich gebe dir noch vierzehn Tage Bedenkzeit, und dann fürchte das Schlimmste.«

Es kam der Sonntag. Alles ging vom Mühlstein Nordrach zu, nur das Maidle wandelte schweren Herzens auf der entgegengesetzten Seite talabwärts gen Zell, um dort in ungewohnter Weise den Pfarrgottesdienst mitzumachen. Auf dem Kirchplatz standen die Reichsburen von Unterharmersbach, in üblicher Art das »Zusammenläuten« abwartend. Unter ihnen war auch der Schreilesbur.

Der rief der Magdalene zu: »Grüß Gott, Hochzitere!« Dieser Gruß war ihr wie ein Stich ins Herz und als hätte sie ihn nicht gehört, ging sie in die Kirche hinein.

So ein Sonntagmorgen im Reichsstädtchen Zell bot damals ein weit malerischeres Bild als heute, wo leider die alten Trachten der Bauern mehr und mehr im Schwinden begriffen sind. Zur Zeller Pfarrei gehörten eine große Anzahl von Weilern, Zinken und Gehöften in Berg und Tal, bewohnt von halben und ganzen Reichsburen. Die letzteren – die Bewohner von Unterharmersbach – zeichneten sich vor den anderen aus durch ihre weithin leuchtenden roten Brusttücher (Westen) und ihre langen, rot gefütterten und dunkelblau gefärbten Flachsröcke, ihre Frauen durch die roten, breiten seidenen Maschen an den goldgestickten Kappen.

Die unter Zell stehenden Reichsburen waren dunkler gekleidet: lange schwarze Röcke, kurze Stiefel, Stumphosen aus Leder, und ihre Frauen trugen schwarze Maschen; alle Weibervölker aber kurzen schwarzen Schoben (Jacke) und darüber farbige Seidentücher.

Das Landvolk des Kinzigtales sorgt zur Sommers- und Herbstzeit an Sonn- und Feiertagen auch für Parfüm. Während aber der kultivierte Ladenjüngling, der Student oder der angehende Staatsdiener mit »Kölnisch' Wasser« sein Taschentuch und seine Rockzipfel tränkt, und die Damen und Dämlein der Städte »Wohlriechendes« auf Gläsern und Schachteln über sich ergießen und streuen, geht das Bauernvolk, Männer und Weiber, Buben und Maidle, am Sonntagmorgen in den Garten vor dem Hause und holt da von unseres Herrgotts Wohlgerüchen.

Mit Vorliebe werden zwei feine Sorten dieser Naturparfüms von den Landleuten des Kinzigtales gewählt – die Nelke und der Rosmarin; beide zeugen auch hier für den guten Geschmack des Volkes.

Mit einer Nelke hinter dem linken Ohr und einem Rosmarinzweig in der Hand marschieren die »Mannsvölker« des Kinzigtales zur Sommerszeit der Kirche zu, während die »Wibervölker« beide Pflanzen im Mieder tragen. So sah auch ich die Landleute noch in meiner Knabenzeit, und so ist's vielfach heute noch.

Unsere Magdalene hatte manchen Rosmarinzweig vom Mühlstein herab in die Nordracher Kirche getragen und ihn auf dem Heimweg mit dem, welchen der Hans aus dem Obertal gebracht, vertauscht.

Heute war's ihr nicht ums Blumenbrechen gewesen, als sie den Hof verließ, um nach Zell zu gehen. Und die Mägde und die Töchter aus den unteren Schottenhöfen, die den Weg dahin regelmäßig machten, hatten sich schon unterwegs gewundert, daß »das Maidle vom

Mühlstein« heute mit ihnen in die Kirche gehe und daß es keinen Strauß trage.

Die Maidle auf den Höfen »im Höllhaken« und »im Erbsengrund«, deren Väter am vergangenen Sonntag die Verlobung aus dem »Adler« heimgebracht hatten, meinten, das sei eine »b'sundere Hochzitere«, die Magdalene vom Mühlstein, daß sie ohne Strauß in die Kirche gehe. Wenn eine von ihnen auf den Hermeshof käme, würde sie zwei Sträuße aufstecken.

Es müsse aber, äußerten sie zu ihren Mitgängerinnen weiter, bald Ernst gelten mit dem Heiraten, weil die Magdalene jetzt schon die Kirche aufsuche, in die sie als Büre auf dem Hermeshof gehöre.

Stolz sei sie auch schon, weil sie ganz allein vor ihnen hergehe und keine Kameradschaft wolle auf dem Kirchweg.

Nach dem Gottesdienst ziehen die »Wibervölker«, ungestärkt durch leibliche Erfrischung, alsbald der Heimat zu, talein und bergauf. Sie haben noch das Mittagessen, welches »im Ofenloch« indes allein gegoren hat, zuzurichten und können hin und her gehen, ohne im Wirtshaus sich kräftigen zu müssen wie das starke Geschlecht der »Mannsvölker«.

Diese haben je nach der Lage ihrer Höfe bis heute auch ihre besonderen Wirtshäuser in Maria-Zell. Die zum oberen Tor hinaus müssen, die trinken ihren Schoppen im »Löwen« und im »Hirschen«, und das waren in jener Zeit vorzugsweise die Reichsburen erster Klasse auf dem Harmersbach, und die zum unteren Tor hinauswandern, die Ober- und Unterentersbacher und die Lindacher, kehren im »Raben«, im »Adler« und in der »Sonne« ein.

Einzelne kaufen noch vor ihrem Heimgang Leder und Nägel, denn in der kommenden Woche erscheint der Schuhmacher auf dem Hof, oder sie brauchen Zeug zu einem neuen »Häs« (Anzug), weil der Schneider zu kommen versprochen hat.

So wanderten auch an jenem Sonntag die »Wibervölker« zuerst und die »Mannsvölker« zuletzt zu den Toren der Reichsstadt hinaus.

Die Magdalene war allein durchs obere Tor in die Vorstadt gegangen, aber zunächst nicht den Schottenhöfen zu. Draußen vor dem Städtle, rechts dem Talweg und am linken Ufer des Talbaches, liegt die Wallfahrtskapelle der Mutter Gottes zur Ketten[13]. Diesem Gnadenort lenkte das Maidle von Mühlstein seine Schritte zu, um Hilfe zu suchen bei Maria, der Trösterin der Betrübten.

Noch vor wenig Wochen, am Feste Mariä Himmelfahrt, zu dem alle Buren und Bürinnen und alle »Völker« im mittleren Kinzigtal strömten und bei dem die Harmersbacher Reichsburen mit ihren bewaffneten Rotten Spalier bildeten, war die Magdalene heiter und glücklich, einen »Kräuterbüschel« in der Hand, in diesem Heiligtum gewesen.

Der Guardian der Kapuziner von Hasle, Pater Marzellin, hatte gepredigt von den Leiden und der dadurch verdienten Verherrlichung der Gebenedeiten unter den Weibern. In seiner Anwendung auf die Zuhörer und die Mühsale unseres Lebens hatte er davon gesprochen, daß wir Menschenkinder in diesem Tale der Zähren nicht lebten, um glücklich zu sein, sondern um zu leiden und zu dulden und dafür in einer besseren Welt den Lohn zu empfangen.

Das Maidle von Mühlstein hatte damals dem Pater Marzellin nicht geglaubt, daß wir hienieden unglücklich und elend seien; denn es war noch keine Stunde unglücklich und am letzten Himmelfahrtstage so lebensfroh gewesen wie die Berge und Täler und Blumen und Matten und Menschen, auf welche die Augustsonne rings um die Wallfahrtskirche ihre wärmsten Strahlen sandte.

Heute war das anders. Sie kniete nieder vor dem Gnadenbild, dachte an die Worte des Kapuziners und flehte weinend zur Mutter Gottes um Hilfe gegen des harten Vaters Willen oder um baldigen Tod. –

In den Höfen, an denen die Magdalene auf dem Heimweg vorüberzugehen hatte, saß alles beim Mittagessen; drum kam sie unbeschrien auf die Höhe. Unter des Vaters Hof stand von alters her ein Kruzifix.

13    In den Türkenkriegen hatte einst ein Schmiedgeselle aus dem Breisgau, der als Gefangener in der Türkei schmachtete, seine Zuflucht zur Mutter Gottes von Zell genommen. Am anderen Morgen lag er in der Nähe seines Heimatdorfes samt der Kette, an die er gefesselt war. Im Triumph führte ihn das Volk nach Zell, wo er die Kette der Mutter Gottes anhing. Seitdem heißt die Wallfahrt »Maria zur Ketten«.

Sie blieb stehen, faltete die Hände und schaute stumm an dem »Mann der Schmerzen« hinauf. Tränen glänzten in ihren Augen. Sie sprachen mehr als ein Gebet.

Die Herbstsonne sandte ihr mildes, friedliches Licht über Berg und Tal, tiefe Stille ringsum und hinab bis zum Talbach, und das unglückliche Maidle vom Mühlstein in seinem stillen Schmerz vor dem steinernen Feldkreuz – es hätte ein schönes Bild gegeben.

Daheim angekommen, fand sie ihr Mahl in der Küche, und sie aß es, wie seit dem Tag, da der Vater ihr den gemeinsamen Tisch verboten, in Tränen, während die Mutter ihr predigte, vernünftig zu werden und den Vater nicht noch mehr zu reizen.

Dieser ging am Nachmittag, ziemlich ingrimmig, allein auf dem nächsten Weg durch den Wald hinab zum Hermesbur und teilte ihm mit, warum er ohne das Maidle komme, und versicherte ihn der baldigen Erfüllung seines Wunsches.

Der Ulrich bestand auf dieser Erfüllung, denn bereits überall in den zwei Tälern der Nordrach und des Harmersbaches war sein Brautritt bekannt geworden. Auch er glaubte mit dem Vogt, die Magdalene werde noch »gescheit werden« wie alle anderen, die bisher geheiratet. –

Und Hans, der Müller in der Rautschmühle? Er war am heutigen Sonntag, wie immer, in der Nordracher Kirche gewesen und hatte von der »Emporbühne«, auf der die ledigen Burschen Platz nahmen, vergeblich herabgeschaut ins Schiff der Kirche nach der Magdalene. Ihre Abwesenheit deutete er als ihr Einverständnis mit dem Besuch des Hermesburen am Nachmittag des vergangenen Sonntags. »Sie wolle«, sagte er sich, »von ihm nichts mehr wissen und spiele jetzt die Braut des reichen Buren. Er hätte das so schnell nicht erwartet; aber bei den Wibervölkern sei eben alles möglich.«

Verstimmt und in bitterer Resignation ging er nach dem Gottesdienst der Hütte seines Vaters zu. Er meinte, alle Leute sähen es ihm an, daß und warum er Weh im Herzen trage, und fürchtete ihren Spott.

Das Maidle auf Mühlstein aber war kein gewöhnliches »Wibervolk«. Vielleicht war es am Nachmittag des gleichen Sonntags, da der Hans schlimm über die Magdalene dachte, daß sie auf der Haldeneck jenes Lied dichtete und zum erstenmal sang, jenes Lied, das bis zur Stunde fortlebt bei den Nachkommen ihres Vaters, deren einer mir es mitgeteilt, und das ich unverändert wiedergebe:

Auf dieser Welt gibt's keinen größern Schmerz,
Als nicht lieben dürfen, was liebt das Herz.

Zum Heiraten wollen sie mich zwingen,
Doch zur Liebe bin ich nicht zu bringen.

Sie sagen mir, meine Liebe sei ein Scherz;
Aber diese Liebe bricht mir noch das Herz.

Was ich versprochen, halt' ich fest und treu;
Will zeigen, daß kein Scherz es sei.

Meine Liebe habe ich längst vergeben
Und geb' sie *einem* nur in meinem Leben.

Man läutet mir mit silbernen Glocken;
Ich aber will keinen als des Öler-Joken.

Sie sang fortan dieses Lied täglich vor sich hin, so oft sie allein war. Und während der Hans in seiner Mühle in unliebsamen Gedanken sich erging, sang die Magdalene auf Mühlstein ihm das höchste Loblied. Aber sie sann auch noch auf anderes, – wie sie mit dem Hans zusammenkommen und ihm ihre Lage erzählen könnte.

Ehe die Woche zu Ende, war sie auch mit diesem Gedanken im reinen und die alte, gute Marianne als Helfershelferin gewonnen. Und als am kommenden Sonntag der Hans wieder über den Kirchplatz durch das Gedränge sich hindurchdrücken wollte, »zupfte« ihn jemand an seinem »Schoben«. Es war die alte Marianne. Sie bedeutete ihm, mit ihr hinter die Kirche zu kommen.

Zwischen modernden Grabkreuzen, die an der Kirchenmauer lehnten, sagte sie hastig: »Hans, einen schönen Gruß von der Magdalene, und du sollst heute nachmittag um fünf Uhr in den Wald kommen im Stollengrund, oberhalb des Stollenhofs. Da wirst du das Maidle treffen.«

Hans wollte, freudig überrascht, noch mehr wissen; aber die Alte beschwichtigte ihn mit den Worten: »Hinter der Kirch', auf dem Gottesacker, schwätzt man nicht weiter von solchen Sachen. Ich hätte dir an dem Platz gar nichts gesagt, aber ich fürchtete, die Leute hätten es gesehen, wenn wir vor der Kirche, vor dem Wirtshaus oder auf der Straße miteinander geredet, und wenn der Vogt dahinter käm', müßt' ich zum Hof hinaus. Du wirst's erwarten können bis heute nachmittag, und jetzt ›Behüt' Gott‹, und komm g'wiß, sonst ist mir das Maidle bös. Und es ist wirklich übel genug dran, ich will's nicht auch noch kränken.«

Sie huschte hinter der Kirche hervor und eilte talab dem Grafenberg und Mühlstein zu. Der Hans wanderte stillvergnügt, aber nachdenklich talauf. Die Mariann' hatte ihm in ihren letzten Worten genug gesagt.

Seine Naturseele fühlte es doch auch, wie wohl es tue, von einer anderen Seele, die einem nahe stand, nicht vergessen und verraten zu sein.

Doch schmeckte ihm das Mittagessen heute nicht. Selbst dem Vater Öler-Jok, der sich sonst um das Tun und Treiben seiner Buben wenig kümmerte, wenn sie nur an der Arbeit ihre Pflicht taten, fiel es heute auf, daß der Hans »etwas Besonderes im Schilde führen müsse«.

Unter dem Vorgeben, er müsse in der Rautschmühle was nachsehen für morgen, machte Hans sich am Nachmittag von seinen Brüdern und des Vaters Hütte los. Hinter der Mühle führte der Weg dem Stollengrund zu, und schon um vier Uhr stand der Hans an der bezeichneten Stelle im dichten Tannenwald.

Die Stunde bis fünf Uhr dauerte ihm und seinem pochenden Herzen eine Ewigkeit in dem stillen Wald. Nur der Hahn drunten im Stollenhof krähte bisweilen herauf, und der Hirtenbub, der über ihm im Reutfeld die Schafe hütete, sandte von Zeit zu Zeit einen einsamen »Juchzer« den Wald herunter.

Endlich rauschte es unter den Tannen, vom Mühlstein und von der »Flacken«[14] her. Hans ging dem Rauschen entgegen, und bald sah er die schlanke Gestalt der Magdalene eilenden Schrittes auf sich zukommen.

Sie reichte ihm die rechte Hand und fing laut an zu weinen. Dann erzählte sie schluchzend alles, was sie in den vergangenen vierzehn Tagen erlebt, wie der Vater sie dem Hermesbur versprochen und sie erklärt habe, ihn nicht zu wollen, wie hart sie seitdem behandelt werde, wie sie täglich ihr Brot in Tränen in der Küche essen müsse. und wie sie lieber sterben wolle, als mit einem anderen Mann zu leben denn mit ihm, dem Hans.

Dieser war ebenso glücklich über des Maidles Treue als vernünftig in dem, was er zu ihr jetzt sprach. »Magdalene«, meinte er, »als ich dich am letzten Sonntag in der Kirche nicht gesehen, glaubte ich, du hättest mich, deinen alten Sing- und Tanzkameraden, leichten Herzens mit dem Hermesbur vertauscht. Daß du mich nicht vergessen, tut mir wohl, und daß du so viel um meinetwillen leidest, mir weh. Aber schau – wie ich schon früher gesagt, wir zwei können nie zusammenkommen. Ich hab' nichts Eigenes und kann auch nichts kaufen. Dein Vater gibt nie sein Jawort, – und wenn wir ihm zum Trotz beieinander bleiben, geht er zum Reichsschultheißen nach Zell und dann heißt's: ›Man steckt des Öler-Joken Hans einmal ein paar Jahre unter die Soldaten, und unterdessen wird ihm sein Herumziehen mit ehrbaren Bauerntöchtern schon vergehen.‹

»Drum, Magdalene, ist's wohl am besten, wir scheiden, ehe sie uns mit Gewalt trennen. Bleib mir gut, wie ich dir, bis zum letzten Stündlein.

»Ich will dafür sorgen«, sprach er bewegt weiter, »daß du mich nicht immer wieder unter den Augen hast, und dann wirst du mit der Zeit dich mehr vergessen und in die Heirat schicken – und eine angesehene Bäuerin geben auf dem Hermeshof.«

14  Die »Flacken« heißt ein bebautes Bergfeld zwischen Wäldern oberhalb Nordrach; als ob die Kultur hier aufflackern wollte, um gleich wieder vom Walde erstickt zu werden. Nur gen Mühlstein hinüber bleibt's waldlos.

»Hans«, schluchzte das Maidle, »ich kann nicht, – und wenn du mich gern hättest, könntest du nicht so reden. Du brichst mir vollends das Herz.«

»Du wirst es noch erleben, wie gern ich dich habe«, erwiderte der Hans; »aber wie es vor Gott und der Welt recht ist, können wir nie zusammen leben, und zusammen sterben dürfen wir nicht. Und daß dein Vater dich fort und fort quäle und martere um meinetwillen, täte mir weher, als wenn ich dich als Bäuerin auf dem Hermeshof sehen müßte.«

»Wenn ich auf den Hermeshof muß«, antwortete die Magdalene, »dann kannst du mich bald besuchen drunten ›unter den Eichen‹ – auf dem Zeller Gottesacker.«

Sie griff bei diesen Worten nach Hansens beiden Händen und fing aufs neue bitterlich zu weinen an. Hans weinte mit ihr.

Der Abendwind rauschte in den Tannenwipfeln und warf kalte Oktoberluft durch die Zweige. Der Hirtenbub auf dem Reutfeld fuhr jauchzend dem Stollenhof zu, nicht ahnend, daß unfern von ihm zwei Unglückliche weinten. –

Es dunkelte stark im Tannenwald. Vereinzelt ertönte der unheimliche Ruf der Nachtvögel. Hans mahnte das Maidle zur Heimkehr und zur Befolgung seines Rates: »'s ist Zeit für dich, Mühlstein zuzugehen; es wird finster im Wald. Ich begleite dich noch bis zur ›Flacken‹; dann bist du auf dem Wald heraus, und ich gehe den ›Dobel‹ hinunter.«

Hand in Hand, stumm und still, gingen sie waldaufwärts. In der einen Hand trug die Magdalene ihr »Fazzinettli«[15] und trocknete von Zeit zu Zeit ihre Tränen.

Auf der Flacken fand der Abschied statt. Das Maidle konnte nichts mehr sagen vor Weinen, als der Hans sprach: »Behüt' dich Gott und folge mir. Es wird mir leichter ums Herz, wenn du dem Vater nachgibst, als wenn ich dich in täglicher Not und Plag weiß. Behüt' dich Gott, und wenn wir auch nicht mehr zusammen gehen und zusammen singen und nie mehr zusammen sein dürfen, wollen wir uns doch nicht vergessen.«

15  Taschentuch, von dem italienischen *fazzoletto*, weil Italiener als Hausierer die ersten Taschentücher auf den Schwarzwald brachten.

Nach diesen Worten ging der Hans rasch dem Dobel zu. Das Maidle kämpfte vergebens mit der versagenden Stimme, und mit dem Strom von Tränen wurde das Fazzinettli auch nicht mehr fertig. Sie nahm die Schürze vor ihr weinendes Gesicht, setzte sich nieder, wo sie stand, und ließ ihren Tränen den Lauf.

Als sie wieder aus der Schürze aufblickte, war der Hans im Dobel verschwunden. Es nachtete auch auf der lichten Flacken. Langsam schritt Magdalene der Haldeneck zu. Über den Vogtshof erklang es bald darauf leise mit weinerlicher, zitternder Stimme:

> Man läutet mir mit silbernen Glocken;
> Ich aber will keinen als des Öler-Joken.

Das Maidle hatte sich auf der Haldeneck vollends ausgeweint, und ihr Lied war ihr Trost.

## 4.

Die Bedenkzeit nahte ihrem Ende. Es wurde abermals Samstag. Der Vogt war kurz vor Mittag vom Felde heimgekommen. Er hatte Weizen gesät, und die Knechte und Buben (Söhne des Bauern) eggten die Saat noch vollends ein.

Daheim war niemand als die Mutter und das Maidle; beide in der Küche beschäftigt. Der Vater rief dieses in die Stube, trat vor es hin und sprach kurz und hart: »Hast du dich jetzt bald ausbesonnen? Die Galgenfrist ist um.«

»Vater«, antwortete das Maidle, »ich kann den Hermesbur nicht lieben. Seid barmherzig und zwingt mich nicht.«

»Was«, rief der Alte, »ist das für ein Geschwätz von Liebe? Liebe ist ein Pfifferling, von dem dumme, junge Leute reden beim Singen und beim Tanzen. Das Heiraten hat mit dieser Liebe nichts zu tun; man heiratet bei mir und auf jedem Hof, wo Ordnung ist, mit dem gesunden Menschenverstand; aber den hast du mit deinem Singen verloren!

»Liebe, die wächst nicht auf dem Mühlstein, aber Hanf wächst da, aus dem man Stricke macht, und mit einem Strick treibe ich dir noch deine Liebe aus dem Leib. Und jetzt geh mir aus den Augen. Ich frag' dich morgen früh noch *einmal*, und dann wirst du sehen, was geschieht, wenn du mir wieder kommst wie heute.«

Draußen in der Küche, wohin sie weinend zurückkehrte, fiel die Mutter, welche alles gehört hatte, noch über die Tochter her: »Du gibst so lange dem Vater nicht nach, bis es zu einem Unglück kommt.«

»Ja, Mutter«, jammerte die Magdalene, »es gibt ein Unglück, wenn mich der Vater auf den Hermeshof zwingt, – aber dann ist der Vater schuld und nicht ich.« –

Es war wieder eine böse Nacht vom Samstag auf den Sonntag fürs unglückliche Maidle. Schlaflos dachte es darüber nach, wie es dem Vater am Morgen Rede stehen wollte. Auf der einen Seite stand vor ihm der unerbittliche, harte Mann, von dem alles zu fürchten war, und neben ihm der protzige Ulrich vom Hermesberg – und auf der anderen Seite der brave, heißgeliebte Hans, der durch seine Entsagung bei der Unterredung im Stollengrund ihre Liebe zu ihm noch mehr entflammt hatte und wie ein verklärter Heiliger vor des Mädchens Seele aufleuchtete.

Die schlimmsten Ausbrüche des väterlichen Zornes zu vermeiden, Zeit zu gewinnen, die Heirat möglichst hinauszuschieben, auch um dem Hans zu zeigen, wie schwer es sie ankomme, seiner hochherzigen Entsagung zu folgen – das war das Resultat der nächtlichen Erwägungen Magdalenens.

Eine Frauenseele findet in schwierigen Verhältnissen von Natur aus viel leichter Rat in sich selber als ein Mann. Darum holen sich selbst sehr vernünftige Männer mit Recht vielfach Rat bei ihren Frauen. –

Ehe die »Völker« des Vogthofs am kommenden Morgen in die Kirche gingen, rief der Vater das Maidle in die Stubenkammer, wo die Schlafstätten der Eltern sich befanden. Auf dem Bette des Vaters lag ein Bund Stricke, eine unheimliche Erinnerung an die Drohung vom vergangenen Abend.

»Willst heut mit auf den Hermeshof«, herrschte der Vogt seine Tochter an, »oder soll ich dir deine Liebe mit diesen ›Seilstumpen‹ da austreiben?«

»Ihr sollt Euern Willen haben, Vater«, antwortete ernst und tränenlos und wie versteinert das Maidle, – »aber auf die Beschau kann ich heute noch nicht. Ich bin todmüde und elend. Also gebt mir acht Tage Zeit. Nach Simon und Juda (28. Oktober) wollen wir dann hinunter.

»Und dann, Vater, hätt' ich noch eine Bitte. Der Advent kommt bald, die Mutter und ich müssen noch manches richten. Verschiebt die Hochzeit bis nach der Adventszeit. Um Dreikönig soll dann Euer und des Hermesburen Wille erfüllt werden.«

Der Vogt sah heute erst, wie bleich und abgehärmt das sonst so blühende Mädchen geworden. Daß sein Wille siegen sollte, stimmte ihn milde. Er wollte eine stattliche Hochzeiterin dem Ulrich zuführen und ging deshalb auf ihre beiden Bitten ein. »Meinetwegen«, sprach er, »sollst du Frist haben; dem Hermesbur wird's auch gleich sein. Und die Mutter hat schon gesagt, sie habe noch zu wenig ›Tuch‹[16], wenn's eine Hochzeit gäbe. Aber es war höchste Zeit, deinen harten Kopf zu brechen.

»Von heute an kannst du wieder an meinem Tisch essen; aber in die Kirche gehst du, wie seither, nach Zell. Wenn du einmal in Lindach bist, mußt doch auch dahin.«

Schweigend ging die Magdalene von dannen und wieder allein die östliche Talseite hinab gen Zell, aber nicht, und fortan nie, an der Gnadenkapelle vorüber, ohne ihr erstes Gebet vor dem Muttergottesbilde zu erneuern. –

Es war ein rauher, kalter Oktobersonntag, der letzte des Monats. Die Fluren waren fahl und kahl, die Buchenblätter gelb und am Abfallen. Die Hirten fuhren seit Galli-Tag nicht mehr auf; ihre Lieder und »Juchzer« waren verstummt.

Vom Mühlstein trat gleich nach Mittag die Magdalene mit dem Vater den Weg an über den »Buchbühl« gen Lindach. Der Gang kam

16  Leinwand.

ihr vor wie der Todesgang eines unschuldig Verurteilten. Stumm und schweigend, wie ein Lämmlein hinter seinem Mörder, ging die Arme hinter dem Vater her.

Zu ihrem Unglück nahm weder der Vogt noch der Hermesbur großen Anstoß an ihrer Opfermiene, ihrem kalten, stillen Wesen. Beide glaubten, das werde sich von selbst geben, wenn sie einmal Bäuerin sei und keine andere Wahl mehr habe.

Stolz zeigte ihr und dem Vater der dicke Ulrich seines Hofes Schätze, seinen vollen Speicher, seine gefüllten Scheunen, seine Ställe, in denen gedrängt stattliche Rinder standen. Auch den Umfang des Hofes beschrieb er der Zukünftigen, von der Sägemühle unten im Tale bis hinauf auf die Höhe von Mühlstein.

Das Maidle nickte stumm und still zu allem, was ihm gezeigt wurde. Im Vogt aber kochte der Zorn, daß es dem Ulrich gar keinen Beifall zollte.

Verstohlen blickte die unglückliche Braut von dem Hügel, auf dem sie standen, das Tal hinauf. Dort lag Nordrach und des Öler-Joken Hütte. Diese wäre ihr mit dem Hans lieber gewesen als tausend Höfe vom Range des Hermeshofs.

Sie war von Herzen froh, als es nach reicher Bewirtung wieder den Wald hinaufging. Der Vater räsonierte zwar über ihre Teilnahmlosigkeit und meinte, sie habe den Nordracher Singteufel immer noch im Kopf, aber er hoffe auf ernstliche Besserung, wenn sie einmal Bäuerin wäre.

Schweigend nahm die Dulderin auch dieses hin. –

Auf dem Mühlstein wurde von jetzt ab eifrig vorbereitet für die Aussteuer. Der Hechler kam vom »Hambe« herauf und strählte in den silberblanken Stahlzähnen seiner Hechel das »Werg« glatt, und nun ging's ans Spinnen.

Dichte Nebel lagen in den Tälern drunten, und auf den Höhen pfiff kalter Herbstwind durch die entlaubten Buchen.

Die Mägde konnten draußen nichts mehr arbeiten, und die Knechte und Buben waren im Wald am Holzmachen. So wurde denn von den »Wibervölkern« den ganzen Tag über gesponnen in der warmen Stube. Es war das ehedem eine Lieblingsarbeit der Magdalene gewesen. Da hatte sie zwischen die Erzählungen der Mutter und der alten Marianne hinein ihre Lieder gesungen. Jetzt war sie stumm und still, benetzte den Faden mehr mit ihren Tränen, die sie aus den Augen wischte, als aus dem kupfernen Schüssele unter der »Kunkel«.

Sie wünschte in ihrem stillen Weh manchmal, es möchte doch das Tuch, das sie hier spinnen mußte, ihr Leichentuch werden.

Der Vogt war nach Martini in Gengenbach gewesen und hatte mit dem Oberschaffner den Zehnten auf der Vogtei verrechnet, den die Klosterknechte kurz zuvor abgeführt hatten.

Der Prälat lud ihn, wie üblich, zur Tafel ein und erkundigte sich nach den Verhältnissen seiner Bauern in Lindach und in den Schottenhöfen und fragte besonders auch, wie es auf des Vogts Hof gehe.

Da er hierbei erfuhr, das Maidle käme auf den Hermeshof, gratulierte er und freute sich, daß des Vogts Tochter in der Klosterherrschaft bleibe und auf einen so schönen Hof komme.

Der Alte verschwieg den Widerstand seiner Tochter, wohl ahnend, daß der Prälat auf des Maidles Seite getreten wäre.

Der Kammerdiener mußte bei der Verabschiedung des Vogts ein silbernes »Nister«[17] holen, das der Prälat dem Mühlsteiner übergab für die Tochter, damit sie es am Hochzeitstag zum erstenmal um die Hand lege.

Als der Vater am Abend heimgeritten kam, warf er der spinnenden Magdalene das glänzende Geschenk in den Schoß mit den Worten: »Das ist vom Prälaten für die Hochzeit. Es ist schade, daß eine so einfältige Person, die ihr Glück nicht einsieht, ein so schönes Nister bekommt.«

Das Maidle spann still fort und netzte, als der Vater in die Stubenkammer gegangen war, den Faden aufs neue mit Tränenwasser.

17  Rosenkranz.

## 5.

In der Rautschmühle war es noch weit einsamer als in der Spinnstube auf Mühlstein, – denn der Hans war ganz allein mit seinen Träumen von vergangenen schönen Tagen. Kalt wie der Duft an den Tannenbäumen des »Rautschkopfs« und wie die Eiszapfen, die morgens an seinem Mühlrade glänzten, war es in seinem Innern. Ohne Sing und Sang ließ er am frühen Morgen seine Mühle an und bediente sie den Tag über. In freien Stunden lag er auf seinem Laubsack und dachte an die Zukunft.

Wie vor seinem Fensterlein der Schnee leise herabrieselte auf die schwarzen, schweigenden Tannen des Rautschkopfs, so senkte sich mehr und mehr tiefes Weh in die Seele des jungen Müllers, wenn er so darüber nachsann, wie es werden sollte nach dem Hochzeitstag der Magdalene. Denn was auf Mühlstein vorgegangen, wußte er alles. Allerlei Botschaften trafen sein Ohr, wenn er am Sonntag ins Dorf und in die Kirche kam.

In diesen langen Stunden der Tage von Martini bis Dreikönig reifte in ihm der Plan, den wir ihn am Hochzeitstag werden ausführen sehen – ein Plan voll Poesie und Hochherzigkeit, wie man ihn nicht erwarten sollte von einer »Schneeballe«, an den zu glauben uns aber die wohlverbürgte Verwirklichung zwingt. –

Alles, was sonst eine Freude war für das Maidle auf Mühlstein – das Hanfknitschen, die Erscheinung des Hechlers[18], der Beginn der Spinnzeit, wurde in diesem Jahre der Magdalene zum Schmerz. So auch die Ankunft der Näherin. Diese kam vom »Katzenschrofen« herauf aus dem »Grün«, in der Mitte zwischen Ober- und Unterharmersbach. Sie war die beste Hochzeitsnäherin, weil sie auch sticken und die Flitterkronen für die Bräute machen konnte.

Die Künstlerin auf dem Katzenschrofen hatte bei den Klosterfrauen in Wittichen, droben im Wolfacher Tal, das Sticken gelernt, und selbst

---

18  Siehe »Wilde Kirschen« das Kapitel »Der Hosig«.

der Klosterschneider von Gengenbach ließ Stickereien von ihr ausführen; weshalb sie auch die »Klosternajere« genannt wurde.

Sie sagte gleich am ersten Tag zur Magdalene: »Ich komme fast auf alle Höfe, wo Maidle sind, wenn's auf Heiraten geht, aber eine so ›trurige Hochzitere‹ hab' ich noch keine gefunden. So trurig zu sein, wenn man auf einen so lustigen Hof kommt, paßt nicht zusammen.«

»Ich möcht' lieber sterben als heiraten«, antwortete das Maidle – und ging von der Näherin weg, die aber doch bald erfuhr, wie es auf Mühlstein stand.

Sie drang fortan nicht mehr in die Braut und tröstete sie beim Anprobieren, es werde schon besser kommen, wenn sie sich einmal längere Zeit vergessen habe. –

In der Adventszeit kamen am Freitagabend je zwei Kapuziner von Hasle herunter in das für sie hinter der Zeller Wallfahrtskirche hergerichtete Stüble. Am Samstag früh hielten sie um sechs Uhr das »Rorateamt«[19] und hörten dann Beichte.

In dieses Rorateamt kamen damals die »Völker« von den entferntesten Höfen herab. Über schneeige Wege unter dem kalten Sternenhimmel wallten sie in der Nacht der Kapelle zu – auch die Mühlsteiner, und unter ihnen seit Jahren hellauf die Magdalene. Wie ein Engelein vom Himmel hatte sie jeweils das alte Adventslied mitgesungen:

> Fang an, mein' Seel', zu singen,
> Sing, so viel dir möglich ist.
> Von allen Bergen soll es klingen:
> Komm zu uns, Herr Jesu Christ!

Im Advent 1784 versagte ihr die Stimme. Sie ging nach dem letzten »Rorate« zum Pater Guardian in den Beichtstuhl und schüttete dem alten, erfahrenen Ordenspriester ihr Herz aus: wie der Vater sie zwinge, einen Mann zu heiraten, den sie nicht lieben könne, und wie er ihr mit Schlägen, ja selbst mit dem Tode gedroht, wenn sie sich noch länger geweigert hätte.

---

19  Ein besonderer Adventsgottesdienst in der katholischen Kirche.

Pater Marzellin – so hieß der damalige Guardian – sagte ihr, der Vater habe ein schweres Unrecht begangen; eine Ehe unter dem Eindrucke der Gewalt geschlossen sei ungültig. Aber er riet dem Maidle, sich die Sache noch zu überlegen und ein kleineres Übel dem größeren vorzuziehen, falls der Vater zum Verbrecher an ihr würde bei der Weigerung. Schon manchmal habe es gute Ehen im Volke gegeben, wenn nicht Liebe, sondern bloß Achtung zwei verbunden hätte.

Daß der Pater ihr gesagt, eine gezwungene Ehe sei keine kirchlich gültige, das war dem Maidle ein Stern in der seitherigen Betrübnis, und wir werden sehen, wie sie diesen Lichtblick verwertete.

Haß trug sie keinen gegen den Hermesbur; aber die Achtung war auch nicht groß, weil er die Ursache ihrer Trennung vom Hans war und auf seiner Werbung bestand, trotzdem er wußte, daß sie ihn nicht wolle.

Sie unterließ es nicht, bei der Heimkehr der Mutter zu berichten, was der Guardian ihr gesagt habe. Die Mutter aber meinte, das dürfe man dem Vater nicht sagen, sonst würde er auf den Guardian erbost werden, und die Kapuziner erhielten auf dem Hofe nichts mehr, wenn sie zum »Terminieren«[20] auf Mühlstein kämen. –

Seit ihrer Adventsbeichte war die Magdalene ruhiger und gefaßter. Sie dachte über des Paters Zuspruch hin und her. Und wenn sie in stillen und einsamen Stunden auch immer noch sang:

Man läutet mir mit silbernen Glocken;
Ich aber will keinen als des Öler-Joken –

und wenn auch immer noch ihr Herz unentwegt dem Müllerburschen in der Rautschmühle gehörte, – so schaute sie doch nicht mehr so finster und verzweifelnd in die Zukunft. Ja es gab Momente, in denen selbst die Möglichkeit einer Achtungsheirat in ihrer Seele aufstieg. –

Der Advent nahte seinem Ende. Weihnachten kam, das liebliche Winterfest, und das »Ehre sei Gott in der Höhe und Friede den

---

20  Einsammeln von Almosen.

Menschen auf Erden!« erklang auch in den Bergen und Tälern am Harmersbach.

Am Neujahr kamen Bettelkinder aus Zell auf die einzelnen Höfe und sangen ihre Dreikönigs- und Neujahrslieder und wünschten Gesundheit, Glück und Segen fürs kommende Jahr.

Weinend brachte ihnen dann das Maidle in der Schürze unter die Haustüre die üblichen Gaben an Obst, Bohnen und Speck. Sie dachte ans neue Jahr – an Leben und an Tod. Denn je näher die Zeit kam, da sie ihr Versprechen einlösen sollte, um so banger ward ihr wieder ums Herz, und um so mehr weilten ihre Gedanken in der Mühle am Nordracher Bächlein.

Hans, der Goldmensch, hatte ihr durch die Mariann' zum Neujahr alles Gute sagen und wünschen lassen, und sie möge, unbesorgt um ihn, dem Vater nachgeben.

Am Tage nach Neujahr – er fiel im Jahre 1785 auf einen Samstag –, am Sonntag, kam der Hochzeiter vom Hermeshof herauf, um mit dem Vogt den Tag der Hochzeit festzusetzen. Es ward ausgemacht, daß sie am 17. Januar stattfinde – am Tage des heiligen Antonius, des Namenspatrons des Vaters. Sie sollte in dem ersten Wirtshaus in Zell, im »Hirschen«, abgehalten und in allen Tälern des Reichs- und Klostergebietes an der Nordrach und am Harmersbach durch die »Hochzeitsläder« angesagt werden.

Ins Kloster wollte der Vogt gleich morgen selber reiten, dem Prälaten das Neujahr anwünschen und den Oberschaffner zur Hochzeit laden. Der Ulrich versprach, mit ihm zu reiten bis Gengenbach und allein weiter nach Straßburg, die Eheringe einzukaufen und noch etwas, das er dem Vater erst unterwegs verraten wolle.

Unter dem »Kleebad« trafen beide am folgenden Morgen zusammen, der eine auf dem Nordracher, der andere auf dem Harmersbacher Tal herreitend. Es war finster und kalt. Die Ruine Geroldseck schaute noch nicht ins Kinzigtal herüber, Nacht und Nebel verhüllten sie, als die zwei Bauern bei Biberach dieses Tal erreichten.

Jetzt fragte der Vogt, was der Ulrich in Straßburg schaffen wolle, wahrscheinlich Geld holen für geliefertes Holz oder seinen »Multum« zu einem langen Hochzeitsrock.

»Nein«, antwortete der Hermesbur, »Geld hab' ich wirklich keines zu gut in Straßburg, und Multum hab' ich am letzten Klausenmarkt in Hasle gekauft von den Freudenstädter Tuchern. Aber einen Hochzeitswagen will ich kaufen, den ersten, der ins Zeller Land kommt.

»Schon oft hab' ich die Straßburger mit ihren ›chars à banc‹ in die Nordracher Fabrik fahren sehen am Hof vorbei, um Glas zu kaufen oder Farbe, und jedesmal hab' ich gedacht: So ein' Wagen zum Spazierenfahren könnt' der Hermesbur auch brauchen.

»Jetzt kommt die Hochzeit, und die erste Spazierfahrt soll zur Kirche sein.«

»Das ist allerdings was Neues«, meinte geschmeichelt der Vogt. »Der Reichsvogt in Harmersbach allein hat eine alte Kutsche, die der vorletzte Prälat ihm einmal geschenkt. Aber du, Ulrich, kannst das machen, der Hermeshof erträgt's. Doch eine Gefahr hat's, wenn die anderen Buren dies nachmachen. Denn sobald wir ›Mannsvölker‹ fahren und auf dem Wagen noch das Weib Platz hat, so werden eben die ›Wibervölker‹, die jetzt daheim bleiben, wenn wir zu Markt reiten, auch mit wollen. Das macht doppelte Zehrkosten, und die Weiber überwachen die Männer im Wirtshaus.«

Und wie der Vogt fürchtete, so kam es. Der Hermesbur war der erste Bur im mittleren Kinzigtal, der die Spazierfahrten anfing, und jetzt haben alle Buren ihre »Wägele« und neben sich die Frauen, wenn sie in die Städtle fahren. Aber dies hat auch sein Gutes; die Buren müssen früher heim, da die »Bürinnen« zum Aufbruch mahnen, wenn der Bur am besten Trinken ist.

Es gibt Ausnahmen von Kinzigtäler Buren, die heute noch allein auf den Markt fahren, wie ihre Ahnen allein geritten sind. Zu diesen gehören alle jene, welche ihre Weiber und deren Zorn, daß sie daheim bleiben müssen, nicht fürchten und ruhig am Abend eine Sturmflut auf dem Gehege weiblicher Zähne über sich ergehen lassen. Solch ein Held ist mein Freund, der Fürst Konrad auf der Eck; der fährt allein aus und allein heim; heim manchmal erst, wenn der Morgenstern hinter dem Kniebis heraufsteigt. –

Der Vogt und der Hermesbur trennten sich auf dem Marktplatz in Gengenbach, nachdem sie im »Adler« noch einen Schoppen getrunken und der erstere seinen Rappen eingestellt hatte. Der Vogt ging in die Klosterkirche, um einigen heiligen Messen anzuwohnen, denn zum Prälaten war's noch zu früh, – der Ulrich aber ritt im scharfen Trab talabwärts, Offenburg und dem Rhein zu.

Es schlug eben die Mittagsstunde auf dem Münsterturm, als der Hermesbur durch das Metzgertor in die Franzosenstadt einritt, wo er wohl bekannt war. Er hatte schon manchen Holzwagen mit vier Rossen zum Tor hineingeführt und manchen Fünflivrestaler hinaufgetragen ins Kinzigtal, seitdem er Bur war auf dem Hermeshof.

»*Enfin,* oü (auch) z' Stroßburi!« begrüßte ihn sein alter Geschäftsfreund, der Holzhändler Hug in der Brantgasse, als der Hermesbur bei ihm eintrat.

»Was gilt 's Holz in der Nordere[21], henn'r ebbs[22] feil, Hermesbur?« fragte der Straßburger, ehe der Ulrich etwas anderes als sein »Guten Tag« gesagt hatte.

»Ich hab' nichts feil, Hug!« fing jetzt der Bur an, »aber Ihr sollt mir einen Gefallen tun und helfen ein schönes Wägele kaufen zum Spazierenfahren, so wie Ihr und die anderen Straßburger Herren als haben, wenn Ihr zu uns hinauffahrt.«

»Jetz word's guet«, rief der Holzhändler lachend, »wänn d' Bure Wäjele koüfe zum Spazierefahren. Aber mir (wir) Stroßburjer gänn (geben) euch au z' viel Gäld 's ganz Johr. Aber annewag (dennoch) freut's mi, Hermesbur, wänn Ihr a schön's Wäjele koüft und heimfahrt wie a rachter Stroßburjer.«

Als der Brantgäßler gar hörte, es solle den Hochzeitswagen geben für den Hermesbur, da war er doppelt bereit zur Beihilfe.

»*Enfin,* jez gämm'r (gehen wir) zum Monsieur Walch in der Rappengaß, *c'est le premier* Wäjelemacher. Der Hermesbur muoß a ganz fins Charabänkle ha.«

21 Nordrach.
22 Habt Ihr etwas.

Zwei Stunden später fuhr der Ulrich mit einem feinen zweiräderigen Charabänkle über die Rheinbrücke. Sein Brauner, der noch nie in zwei so hohen »Landen« gegangen war und so leicht hatte ziehen dürfen, stürmte wie besessen dem Kinzigtale zu. Der Hermesbur aber hatte ein kindliches Vergnügen an seinem Wagen und an seiner Fahrt.

In Gengenbach traf er, verabredetermaßen, den Vogt nicht mehr. Der hatte dem Prälaten seine Wünsche dargebracht und ihn ehrenhalber zuerst auch zur Hochzeit geladen und dann den Oberschaffner. Der »gnädige Herr« dankte für die Einladung, versprach aber, der Oberschaffner werde unbedingt zur Hochzeit kommen, und zur Morgensuppe wolle er, der Prälat, ein Fäßchen guten Klosterwein auf Mühlstein senden.

Darauf war der Muser-Toni fröhlich von dannen geritten und schon wieder zu Haus, ehe der Ulrich durch Gengenbach sauste.

Von Straßburg bis auf seinen Hof hatte der Hermesbur kaum vier Stunden gebraucht, so war der Braune dahingerast in dem ungewohnten Gespann, das der Bur sorgsam, als wäre es ein Lebkuchen, in seiner Tenne unterbrachte, um es am Hochzeitsmorgen den Blicken der erstaunten Mitbauern vorzuführen.

Und er erreichte seinen Zweck. Noch Ende des 19. Jahrhunderts lebten Bauern, die es wußten und mir erzählten, daß der Hermesbur das erste Wägele ins Tal gebracht und am Hochzeitstag mit der Vogtstochter von Mühlstein zum ersten Male gezeigt habe.

## 6.

Die Hochzeitsläder von Nordrach und Harmersbach steuerten, den Strauß auf dem harten, hohen Filzhut, lange Stöcke in den Händen, in der ersten Woche des Januars 1785 trotz Kälte und Schnee rüstig auf den Höfen umher und luden in des Vogts und des Hermesburen Namen freundlich zur Hochzeit ein, »zum Gottesdienst in der Kirche und zum Mahl im ›Hirschen‹ in Zell«.

Auch an der Rautschmühle ging einer vorbei, um die Klosterleute in der Fabrik, vorab den Farbmeister, zu laden in des Klostervogts

Auftrag. Und als der Hochzeitsläder an die Mühle kam, und der Hans, Schritte hörend, an seinem Fensterchen stand, rief er lustig hinauf: »Kannst auch kommen, Hans, zu 's Vogts Magdalenens Hosig!«

»Ich komme«, erwiderte der Hans, »auch wenn der Vogt und der Hermesbur dich nicht zu mir geschickt haben.«

Es tat ihm weh, als er hörte, wie die Hochzeit immer näher kam; aber er verurteilte das Maidle keine Sekunde lang, seitdem sie im Stollengrund einander gesprochen. Auch wußte er ja alles, was seitdem geschehen.

Es tat ihm weh – und doch hatte er Augenblicke, in denen er sich wohl und gehoben fühlte. Auch in der Seele eines Naturmenschen, einer Schneeballe, macht sich jenes selige Bewußtsein geltend, das in jedem heldenhaften Opfer liegt.

Der Hans fühlte es, daß er Großes getan, da er im Walde der Magdalene zuredete, dem Vater zu folgen, und ihrer Zukunft sich selber zum Opfer brachte.

Ja, er hatte noch eine größere Tat vor, und der Gedanke an ihre Ausführung und an den Eindruck, den sie aufs Maidle machen müßte, der Gedanke hob ihn zeitweise mächtig und verklärte ihm das Düstere der Gegenwart und der Zukunft.

Ganz anderer Art war die Seelenstimmung der Magdalene. Sie fand sich mit dem, was kommen sollte, zurecht wie wir Menschen alle mit dem Sterben. Sie sah, es sei nicht mehr auszuweichen, und ging mit jener ruhigen Gleichgültigkeit der Hochzeit entgegen wie die meisten Sterblichen dem Tod, den man erst in seinem ganzen Ernst fühlt, wenn er wirklich kommt.

Es ist merkwürdig, in was alles die Seele des Menschen sich schicken kann, solange sie nicht völlig entartet und sittlich verkommen ist. Es können Menschen, die im Reichtum und Wohlleben aufgewachsen und alt geworden sind, Hab und Gut verlieren und dann schwer arbeiten, darben, ja oft betteln müssen – und in kurzer Zeit fügen sie sich mit Gleichmut in ihr Schicksal.

Wie viele Menschen ertragen in Geduld und noch voller Lebenslust jahrelanges Siechtum nach blühender Gesundheit!

Im Volke geht deshalb das Sprichwort: »Glücklich ist, wer das vergißt, was einmal nicht zu ändern ist.«

Und im Volke heißt man es »hartschlägig werden«, wenn man schwere Heimsuchungen mit Gleichmut trägt.

Ich rede hier nicht von der religiösen Auffassung der Leiden, sondern nur von der rein seelischen. Und unsere Seele kann von Natur aus unendlich viel ertragen. Darum sind schon Kinderseelen so stark im Leiden, ja oft stärker als die der Erwachsenen.

Man besuche heute in einem großen Spital zwei Säle: in einem liegen kranke Kinder, im anderen Erwachsene. Die Kinder lächeln heiter nach den schwersten Operationen und benutzen jeden halbwegs schmerzlosen Augenblick zum fröhlichen Spiel mit ihren Leidensgenossen. Die Erwachsenen liegen meist verbittert, mürrisch, jammernd und klagend da.

Ich habe noch kein Kind vom sechsten bis vierzehnten Jahre klagen hören und jammern darüber, daß es krank sei.

Es wurde aber auch in der Kindeszeit der Menschheit jener wunderbare Gedanke von einem altheidnischen Dichter ausgesprochen: »Eine Lust liegt selbst im erstarrenden Schmerz.« –

So ging auch die Magdalene auf Mühlstein ruhig und gefaßt der Zukunft entgegen.

Eines nur erbat sich das Maidle, daß kein »Schäpelhirschen«[23] stattfinde. Sie fürchtete, die jungen Burschen der benachbarten Höfe, ihre einstigen Singkameraden, kämen dann noch am Vorabend vor ihrem Opfertag, und sie wollte nicht die kaum verharschten Wunden fließen machen in der Lust und dem Sang eines Schäpelhirschen. Und Hans, der Einzige, durfte und wollte sich dabei doch nicht sehen lassen.

---

23   Am Vorabend einer Hochzeit pflegen im Schwarzwald die ledigen Freunde des Bräutigams und dieser selbst und die Freundinnen der Braut in das Haus der letztern zu kommen und unter anderem einen mit einem Rosmarinkranze (altfranzösisch *chapel*) gezierten Hirsebrei zu essen, daher der Name »Schäpelhirschen«.

Sie erreichte ihren Wunsch leicht, um so leichter, als der Ulrich ein Witmann und deshalb jenes Fest am Vorabend nicht üblich war. Der Vogt wollte dann die Morgensuppe um so üppiger gestalten.

Der 17. Januar kam und mit ihm der Namenstag des Vaters und der Hochzeitstag der Tochter.

Der Himmel hatte in der Nacht noch zum alten Schnee neue Flocken gesandt und Berg und Tal in ein großes Leichentuch gehüllt.

Schon vor Tag hatten die Knechte und die Buben des Vogts einige Gewehrsalven von der Haldeneck ins Tal geschickt, das Zeichen zur Morgensupp' für die drunten in den Schottenhöfen und im Hambe.

Die Lindacher, drüben im anderen Tal, hielten Morgensupp' auf dem Hermeshof.

Bald nach den ersten Gewehrschüssen stampften die nächsten Buren und Bürinnen auf den Schottenhöfen im Schnee dem Mühlstein zu. Etwas später kamen die Reichsburen auf dem Hambe, hoch zu Pferd, um ihrem Versprechen gemäß die Braut zu begleiten.

Sie hatten gesehen, wie der Klosterknecht von Gengenbach am vergangenen Samstag ein Faß Wein auf Mühlstein spedierte, und der »Prälatewi« zog die durstigen Zecher noch mehr an als die sonstige Morgensuppe.

Zuletzt kam Breig, der Bauernkönig, dahergeritten; er hatte am weitesten aus dem Kürnbach herunter. Breig war auch bei den Klosterbauern beliebt, weil diese den Streitigkeiten unter den zwei Reichsständen Zell und Harmersbach als die unbeteiligten Dritten mit einigem politischen Vergnügen zuschauten und alle Bauern der Welt es gerne hören, wenn einer über die »Herren« schimpft und ihnen opponiert, und das besorgte, wie wir aus der Geschichte des »letzten Reichsvogts« wissen, der Gabriel meisterhaft.

Der Klosterwein gab ihm gleich Gelegenheit, einige Hiebe auszuteilen. Dem Reichsvogt von Harmersbach, meinte er, habe man, solange er Wirt gewesen, die Schoppen abkaufen und bezahlen müssen, und die ganze Zeller Herrlichkeit lebe von den Buren, der Prälat aber schicke seinen Klosterburen den Wein faßweis, und was für einen! »Der Kaiser in Wien«, rief der Bauernkönig, »sufft keinen besseren!«

Während die Buren beim Klosterwein zechten, wurde das Maidle in der Stubenkammer ausstaffiert. Die Klosternäherin aus dem »Katzenschrofen« war unter den ersten gekommen, zog ihm das »Hochzitshäs« selber an und machte alle Maschen und Falten von Kopf zu Fuß.

Das Maidle schwieg still. Stumm wie ein Lämmlein, das die Buben an der Hambacher Kirchweih herauskegeln wollen und vorher mit Bändern schmücken, ließ sie alles an sich geschehen.

Hatte sie in den letzten Tagen sich gefaßt aufs Opfer, so preßte ihr der Tag des Opferns doch das Herz zusammen in krampfhaftem Weh. Sie war leichenblaß. Um so schöner und vornehmer aber schaute sie aus dem schwarzen, feinen Mieder heraus. Und als ihr endlich die »Klosternajere« die Brautkrone aufsetzte, sagte die alte Marianne, die mit den Mägden dem Anziehen bewundernd zugeschaut hatte, leise zu den anderen: »Ich hab's ja immer gesagt, unser Maidle ist ein Edelfräule.«

Dieses trat nun in die Stube und gab allen Anwesenden die Hand. Dann nahm das Maidle Abschied von Vater und Mutter, Abschied aus dem Elternhause mit einem »Vergelt's Gott für alles, was es von Kindestagen an in demselben genossen«.

Hierauf trat einer der Hochzeitsläder vor und sprach die üblichen Worte: »Geehrte Hochzeitsgäste! Wir haben jetzt gegessen und getrunken und danken für das, was wir empfangen haben. Jetzt wollen wir aufbrechen und die Brautleute in die Kirche begleiten vor den Altar, wo sie das heilige Sakrament der Ehe miteinander beschließen vor dem Priester. Wir wollen es ihnen helfen bestätigen, den Segen und den Tau des Himmels auf sie herabflehen von Gott dem Allmächtigen, daß er sie an zeitlichen und ewigen Gütern segnen wolle und daß auch die Brautleute an ihren Kindern Freude erleben. Dazu verhelfe uns Gott der Vater, Gott der Sohn und Gott der Heilige Geist.«

Diesem Spruch folgten die üblichen fünf Vaterunser und »der Glaube« und zwei Vaterunser für die »nächstversterbenden« Verwandten der Brautleute.

Unter der Stubentür gab jedes der Anwesenden der Magdalene das Weihwasser aus dem Gefäß am Türpfosten.

Tränenden Auges geschieht dies allezeit, und nun hatte auch die Magdalene das Recht zum Weinen, das sie seither aus Furcht vor dem Vater zurückgehalten. Sie weinte, als wollte es ihr die Brust zersprengen, und die »Göttle« aus dem Stollengrund mußte sie an der Hand zur Türe hinausziehen auf den kalten, schneeigen Hochzeitsweg.

Die Knechte hatten gleich nach ihren Salutschüssen den Bahnschlitten geführt und bis ins Tal hinab gebahnt. Der Zug setzte sich in Bewegung. Voraus die Magdalene und die »Göttle«, dann Vater und Mutter, hinter ihnen die Gäste von der Morgensupp' und die »Völker« des Hofes auf Mühlstein. Den Schluß bildeten die berittenen Bauern.

Die Bäuerin aus dem Stollengrund wußte wohl, warum das Maidle, welches sie im Hochzeitsstaat an der Hand über den glatten Schnee hinabführte, nicht aufhören wollte zu weinen und zu schluchzen. Sie schwieg aber, denn unmittelbar hinter ihr schritt die große, harte Gestalt des Vogts, und vor dessen Ohren wollte sie nichts reden von »dummem Liebesschmerz«.

Nur die Mutter sprach unterwegs wiederholt: »Maidle, hör jetzt auf mit Schreien!« Und das Maidle hatte in der Tat aufgehört, als sie dem Talgrund sich näherten, und die gleichgültige, »hartschlägige« Opfermiene der vergangenen Wochen wieder angenommen.

Im Tal, beim »Adler«, stand der Hochzeiter auf der Straße und mit ihm die Lindacher Bauern und die Nachbarn aus dem Nordracher Tal, der Grafenberger, der Bäumlisberger und andere, alle hoch zu Roß. Der Ulrich allein stand neben seinem Charabänkle und ringsum zahlreiche »Völker« aus den umliegenden Höfen des Reichstales. Es war Winterszeit und jung und alt beim »Adler« zusammengelaufen.

Alle staunten mehr den Wagen an als den Hochzeiter, denn jener war etwas Neues für einen Bur, ein Hochzeiter nicht.

Als die Braut herankam, gab der Ulrich die Zügel des Braunen seinem Knecht, trat dem Maidle entgegen und reichte ihm die Hand, ebenso der »Göttle«, dem Vater und der Mutter.

Dann führte er das Maidle zum Wagen und lud es ein, Platz zu nehmen, als die erste Hochzeiterin im Tal, die zur Kirche fahre. Doch diese neue Ehre war nicht imstande, der Braut ein Lächeln oder einen Dank abzugewinnen. Sie stieg ein, der Ulrich setzte sich neben sie und hatte Mühe, den Braunen im Schritt zu halten, damit die Fußgänger nachkämen. Den Zug eröffneten die Zeller Hochzeitsmusikanten, und die Reiterschwadron der Hambacher, Lindacher und Schottenhöfer Bauern schloß ihn.

Der Bauernkönig und seine Anhänger waren seit dem berühmten Überfall von Zell nie mehr so sieghaft oder gar zu Pferd in der Reichsstadt gewesen. Still waren sie an Sonntagen in die Kirche gegangen und wieder heim. Aber heute – nach dem reichlichen Genuß des Prälatenweins – ritten sie stolz und herausfordernd mit dem Hochzeitszug zum Tor hinein. Und als der Turmwächter und der Stadtkommandant, Korporal Kapferer, und viele Bürger am Tore neugierig dem Zug zusahen und der Gabriel an ihnen vorbeiritt, rief er ihnen zu: »Wollt ihr den Breig heut auch wieder einsperren, ihr großmuligen Zeller!?«

Die Reichsstädter hingen als Kleinbürger in ihrem Gewerbe vielfach von den Buren ab. Hätten sie bei der Hochzeit eines der größten und reichsten Buren durch Verhaftung einiger Reichstäler Spektakel gemacht, so würden sie die sämtlichen Klosterburen und die Nordracher zu den Harmersbachern gegen sich aufgebracht haben. Die alle hätten das Städtchen gemieden, ihre Schoppen anderswo getrunken, ihre Halstücher, Hüte, Nägel anderswo gekauft – z' Hasle oder z' Gengenbach – und die reichsstädtischen Gewerbsvettern wären trocken gesessen.

Drum ritt Breig, der das schlau berechnete, heute kühn und spottend ins Städtle ein, kühn durch den Prälatenwein und kühn bei dem Gedanken an die gezwungene Ruhe der Zeller.

Beim »Hirschen« wurde abgestiegen, und unter dem Geläute aller Glocken begab sich der Festzug in die Pfarrkirche.

Am Altare erwartete sie der damalige Pfarrer Pater Pirmin Haan, ein Konventuale des Klosters Gengenbach. Der Vogt stellte sich unmittelbar hinter seiner Tochter auf, damit sie unter dem Eindruck seiner nächsten Nähe das rechte Wort finde, wenn der Pater sie fragte, »ob sie aus reifer Überlegung, auf freiem, ungezwungenem Willen den Ulrich Faißt zum Ehemann annehmen wolle«.

Das »Ja« zitterte denn auch, leise genug, von den Lippen der Magdalene, die, mit der Zukunft gar nicht mehr rechnend, eben ihrem Schicksal sich ergab.

Pater Haan trug ins Ehebuch in lateinischer Sprache ein, daß er »am 17. Januar 1785 die Magdalene Muser, Tochter des Präfekten Anton Muser von Mühlstein, mit dem Witwer Ulrich Faißt von Lindach getraut habe«. Unter den Zeugen wird genannt der Vogt selbst, der aber nicht schreiben kann, sondern sein Handzeichen mit dem üblichen Kreuz hinmalt.

Glückliche Zeiten, in denen einer Vogt sein und als solcher jahrzehntelang amten konnte, ohne schreiben zu können! In unserer papiernen Zeit, wo die Welt im kleinen und im großen mit Feder und Tinte regiert und bureaukratisiert wird, könnte keiner Bürgermeister sein, der des Schreibens und Lesens völlig unkundig wäre. Und doch waren die alten Buren im Durchschnitt viel einfacher regiert und besser daran als heute. –

## 7.

Das Hochzeitsmahl im »Hirschen« begann. An der »Ürde«, wie die offizielle Festtafel im Kinzigtal heißt, saßen mehr denn achtzig Buren und Bürinnen. Es war ein prächtig Bild, diese stattliche Schar Bauernvolks in seiner alten, bunten Tracht.

Nach dem ersten Gang ertönten die Klarinetten und Hörner der Musikanten und riefen zum ersten Tanz, den der Brautführer mit der Braut, heute der Vater mit der Tochter, tun sollte. Alles erhob sich und ging dem »Tanzboden« zu. Die Braut eröffnete mit dem harten Vater den Reigen, so wenig es ihr ums Tanzen war.

Nach dieser ersten Tour ging's wieder zum Mahle. Und so wechselten Tänze und Tafelgänge bis in den tiefen Nachmittag hinein.

Da ertönte auf einmal in das Geräusch der Messer und Gabeln auf der Stube neben dem Tanzboden fröhlicher Gesang. »Was ist das?« fragten sich aufschauend und zu essen aufhörend die Gäste am Hochzeitstisch.

Einer der Bauern, die dem Nebenzimmer zunächst saßen, erhob sich, trat unter die Türe des Nebengemachs und kam mit der Kunde zurück: »Es sind Sänger und Sängerinnen von Nordrach mit des Öler-Joken Hans.« Ja, es war der Hans mit dem alten Sängerbunde über den Berg herübergekommen zur Hochzeit.

Er hatte schon so oft mit der Magdalene anderen zur Hochzeit gesungen und wollte nun auch ihr singen, auch zum Zeichen, daß er ihr nicht zürne. So hatte er es in seiner Mühle längst geplant.

Kaum waren die ersten Töne in den Hochzeitssaal gedrungen, als die Hochzeiterin hell aufhorchte; sie wurde blaß, sie wurde rot. Da plötzlich schnellt sie auf von ihrem Sitze zwischen Vater und Ehemann und eilt der Stube zu, aus der die Stimmen hereindrangen.

Dort angekommen, sieht sie ihren Hans und die alten Kameraden und Kamerädinnen aus der glücklichen Zeit des Sanges und der Liebe. Sie setzt sich in ihrem ganzen Brautschmuck neben den Hans und singt mit – und zwar so schön wie noch nie.

Ihre Stimme voll weichen Schmelzes und tiefer Elegie dringt so ergreifend in den Saal zurück, den sie eben verlassen, daß das allgemeine Staunen bei ihrem Weggang vergessen wird und alles der Stube zudrängt, in der gesungen wurde.

Selbst der Ulrich und der harte Vogt folgten und schauten, was vorging. Die Braut saß neben dem Hans, hatte dessen Hand in der ihrigen und sang. Innere Aufregung malte sich auf ihren Zügen.

Hans, der mit seinem gutgemeinten Kommen das ganze Unglück angerichtet und die alte Flamme in dem Herzen des Mädchens in wilder Glut hatte auflodern machen, wurde von dieser ebenfalls ergriffen.

Nach einigen gemeinsamen Liedern erhob er sich und sang:

> Dort drüben in jenem Tale,
> Da treibt das Wasser ein Rad,
> Das treibet nichts als Liebe
> Vom Abend bis wieder an Tag.
> Das Mühlenrad ist verbrochen,
> Die Liebe hat ein End',

> Und wenn zwei Nordracher scheiden,
> Reichen sie einander die Händ'.

> Ach Scheiden, ach, ach!
> Wer hat doch das Scheiden erdacht?
> Das hat mein jung-fröghlich Herze
> Voll Freude so traurig gemacht.
> Dies Liedlein, ach, ach!
> Hat wohl ein Müller erdacht,
> Den man von der Vogts Töchterlein
> Vom Lieben zum Scheiden gebracht.

Er hatte während des Singens die Hand der Magdalene wieder ergriffen, die, glänzende Perlen in den Augen, sich erhob und vor Vater, Mutter und Mann und allen Lindachern und Schottenhöfern und allen Nordrachern und anderen »Völkern« ihr eigenes Lied, das außer ihr noch niemand gehört – zu singen anhob. Und da sie die letzten Worte gesungen:

> Man läutet mir mit silbernen Glocken;
> Ich aber lieb' keinen als des Öler-Joken –

da glaubte man nicht bei einer Hochzeit, sondern auf einem Kirchhof zu sein, so weinten die Menschen. Selbst den harten Vater durchzitterte zum erstenmal im Leben eine Ahnung von der Macht der Liebe, und beim Ulrich war aller Unmut über das Weggehen der Braut gewichen. Wehmütig und verlegen stand er da, als ob es ihn reute, die zwei getrennt zu haben. –

Der Winterabend dunkelte bereits zu den Fenstern herein, wo die Liebe so mächtig strahlte und wo Menschen weinten, während sie sonst lachen.

Und manch eines von denen, die dabei waren, hat die Szene nie vergessen all sein Lebtag, und tatsächlich haben sie noch nach vielen Jahren im Tale und auf den Bergen erzählt von dem Weinen bei des

Hermesburen Hochzeit, und wie ergreifend die Magdalene gesungen habe.

Aber sie erzählten auch vom braven Hans, wie er, ehe der Vogt einschritt, zur Magdalene sprach: »Magdalene, du bist jetzt vor Gott und der Welt die Frau des Hermesburen. Gehe jetzt mit deinem Mann. Ich wünsch' dir Glück und Segen. Ich sorge dafür, daß dein Vater und der Hermesbur nichts mehr über mich zu klagen haben und es dir leichter wird, auf dem Hermeshof zu leben. Behüt' dich Gott.«

Er gab der Weinenden die Hand und schied mit seinen Brüdern und Kameraden. Viele Augen schauten in Tränen dem braven Burschen nach.

Die Hochzeit war gestört, niemand wollte mehr essen, trinken und tanzen. Und da es Abend geworden, schickten die meisten sich an zur Heimkehr.

In starrem Schmerz stand die Hochzeiterin allein noch in der Singstube, und erst auf das Mahnen der Mutter und der »Göttle« ließ sie sich bewegen, wieder in den Hochzeitssaal zurückzukommen. Ihre Aufregung war einer unheimlichen Ruhe gewichen, die selbst der Vogt nicht zu stören wagte.

Der Ulrich bat sie nach einiger Zeit, mit ihm heimzufahren. Sie reichte trocken und kalt den wenigen noch Anwesenden die Hand und fuhr mit ihrem Manne zum unteren Tor hinaus.

Der Bäumlisberger und der Grafenberger ritten langsam mit einigen anderen Buren hinterdrein und besprachen den Vorfall. »Das gibt keine gute Ehe«, meinte zum Schluß der Bäumlisberger, »das Maidle hat den Kopf noch zu voll von dem Hans.«

»Ich wollt' ihr die Possen schon aus dem Kopf treiben«, sprach der Grafenberger, »wenn sie mein wäre. Ich würde sie gehörig durchhauen.« –

Eine Stunde vor ihnen hatte der Hans das Nordracher Tal, auch Lindach und den Hermeshof passiert. Still war er von dem Hochzeitsfeste neben seinen Mitsängern und -sängerinnen wieder dem Nordracher Tale zugeschritten. Drüben angelangt, gingen die einen bald da, die anderen bald dort einem Gehöfte, als ihrem Heim, zu. Jedem gab der Hans warm die Hand und sprach: »Behüt' dich Gott!« statt des üblichen »Gute Nacht«.

»Du wirst doch nicht verreisen wollen«, rief sein Kamerad, der Säger-Toni am Grafenberg, daß du heute ›Behüt' Gott‹ sagst?«

»'s könnt sein«, gab der Hans zurück. »Wenn du am Sonntag in die Kirch' kommst, hörst vielleicht eine Neuigkeit.«

Der Toni lachte und meinte, es werde dem Hans schon wieder ein anderer Kopf wachsen, bis der Sonntag käme.

Hans schwieg und ging mit seinen Brüdern Hansmichel und Jakob übers Dorf hinaus der väterlichen Hütte am Bache zu. Vater und Mutter waren schon zur Ruhe gegangen. Es war totstill ums Haus in der öden Winterlandschaft. Aber hell leuchtete der Schnee in Berg und Tal, denn der Mond stand in vollem Glanz über dem »Täschenkopf« und warf einen milden Schimmer selbst durch das Fensterlein der Kammer, die der »Buben« Nachtherberge war.

Hansmichel und Jok legten sich alsbald zur Ruhe, nachdem sie ihr »Sonntagshäs« in den Trögen versorgt hatten. Der Hans aber ging angekleidet über seinen Trog und fing an auszupacken. Beim Mondschein merkten die Brüder, daß er sich rüste, wie einer, der fort will.

»Ich glaube gar«, rief der Hansmichel, etwas angetrunken und auch sonst ein rauher Kerl, ihm zu, »du willst fort wegen dem dumme Wibervolk, der junge Hermesbüre?«

»Ja«, gab Hans zurück, »ich gehe heut nacht noch fort. Und wenn du mir noch einmal von einem dummen Wibervolk schwätzest, so lang' ich dir eine zum Abschied.«

»Michel«, mahnte jetzt der Jok', »schwätz kein dumm's Zeug. Die Magdalene ist ein schön's, brav's Maidle. Aber der Hans kriegt es jetzt doch nimmer, und du bist nit gescheit, Hans, wenn du deswegen fort willst.«

»Laß ihn nur laufen, wo er will«, meinte der Hansmichel; »er kommt von selber wieder.«

Hans hatte indes seine sieben Sachen zusammengedrückt in einen großen Zwerchsack, den die Brüder, mit Proviant gefüllt, jeweils mitgenommen, wenn sie im Wald am Rautschkopf Holz gemacht hatten.

Er nahm den Sack auf die Schulter, seinen Weißdornstock in die Hand und sprach zum Abschied: »Ich lass' Vater und Mutter grüßen. Sie sollen es mir nit übelnehmen, daß ich so fortgehe, aber ich kann nit anders.«

»Ja, b'hüt Gott uff zwei Tag«, rief der Hansmichel. »Du wirst bald wieder daheim si, und Vater und Mutter können sich gut trösten!«

Der Hans war, ehe diese Worte verklungen, schon draußen in der Winternacht.

Er ging zunächst hinauf in seine Mühle, wo er noch ein Paar Stiefel zu holen hatte, zündete mit seiner trüben Mühlenlaterne noch überall herum und nahm Abschied vom Rad, vom Mahlgang und vom kleinen Müllerstüble – dann schritt er talab. Am Vaterhaus warf er noch einen wehmütigen Blick hinauf und ging rasch durch die kalte Mondnacht hin.

Hie und da gab ein Hund Laut, der die Schritte des nächtlichen Wanderers auf dem klirrenden Schnee von ferne hörte. Sonst war alles still.

An der Dorfkirche, aus der das »ewig Licht« rot herausglühte in die weiße Mondnacht, blieb er stehen, faltete die Hände, betete ein Vaterunser und Ave Maria, machte über sich das heilige Kreuzzeichen und sprach: »In Gottes Namen will ich fort.«

An der Sägmühle beim Grafenberg ging er vorüber, ohne dem Säger-Toni zu klopfen; er hatte ihm ja schon »Behüt' Gott« gesagt. –

In einer kleinen halben Stunde von der Dorfkirche weg befand sich Hans auf der Straße da, wo am Berg gegenüber der Hermeshof lag. Es mochte um die zehnte Abendstunde sein. Er blieb stehen und schaute hinauf zum Haus, in das vor wenig Stunden die Magdalene als das Weib eines anderen eingezogen war, eine Tatsache, die ihn jetzt in die weite Welt hinaustrieb, hinaustrieb, weil er zeigen wollte, zu welchem Opfer seine Liebe bereit wäre.

Es war ihm weh ums Herz und wohl zugleich, weh beim Gedanken, daß die Magdalene dort drüben einem anderen gehöre zeitlebens, und wohl, wenn er dachte, wie groß er dastehen würde vor den Augen der jungen Hermesbürin, wenn sie erführe, was er getan, um ihres Friedens willen.

Der gute Hans hatte nicht Seelenkunde genug, um zu bedenken, daß er damit ebensowenig Erfolg haben würde als mit seinem Singen bei der Hochzeit – sonst hätte er erkennen müssen, daß seine Tat das Gegenteil bewirken würde von dem, was er damit wollte.

Er stand lange auf der Straße und mochte wohl auch an das Volkslied denken, das er so manchmal im fröhlichen Kreise gesungen:

Nun Adieu, beschlossen,
Die Heirat ist gemacht.
Daß von dir muß scheiden,
Das bringt mir groß Leiden;
Adieu, zu tausendmal,
Adieu zur guten Nacht. –

Der Wächter vom unteren Tor zu Zell rief eben die elfte Stunde, als der Hans am Weichbilde des Städtchens hinschritt, hinaus ins mondbeglänzte, winterliche Kinzigtal.

## 8.

Auf dem Hermeshof hatte das Trauerspiel bereits begonnen, ehe der Hans draußen auf der Straße und still der Magdalene ein letztes Lebewohl zurief.

Er war in der besten Absicht, seine gute Miene zu zeigen, bei der Hochzeit erschienen. Wäre die Magdalene im Hochzeitssaal geblieben und nicht zum Singen heraufgekommen, dann hätte der gute Hans wohl nicht daran gedacht, sein Müllerlied zu singen. Aber wäre er gänzlich vom Feste weggeblieben, so hätte die Magdalene ebensowohl auch ihre »Hartschlägigkeit« und den stummen Opfersinn bewahrt.

Sein Kommen und sein Singen hatten bei ihr schweres Unheil angerichtet.

Sie war am Abend ihrem Manne gefolgt auf den Hof und ins Haus. Aber hier wich ihr vorheriges, dumpfes Brüten einer unheimlichen Aufregung. Wie ein Heldenweib, das bereit ist, unterzugehen, stellte sie sich vor den Ulrich hin und sprach: »Du hast des Vogts Magdalene heimgeführt, aber du sollst kein Weib haben an mir. Der Vater hat seinen Willen gehabt, du hast deinen Willen durchgesetzt – aber jetzt hab' ich noch meinen Willen, und der ist unabänderlich. Ihr zwei habt mich gezwungen, eine gezwungene Ehe ist aber keine Ehe – hat der Pater Guardian gesagt, und sie soll auch keine werden. Ich werde dir die erste Magd auf deinem Hof sein, still und fleißig, aber nie dein Weib.«

So sprach sie, und dabei blieb es.

Der Hermesbur, welcher in seinem starken Leib einen kleinen Geist trug, stand vor der Sprecherin wie ein abgescholtener Knabe vor seiner Mutter. Er fürchtete das junge Weib, wie es sich in seiner ganzen tragischen Größe so vor ihn hingestellt hatte, kalt, entschlossen und heldenhaft.

Drum ließ er sich den Wahrspruch gefallen ein, zwei, drei Tage, die ganze Woche, während welcher die Magdalene vor den Mägden die Bäuerin spielte, in aller Arbeit unverdrossen voran.

Am Sonntagnachmittag aber ging Ulrich den Buchenwald hinaus zum Vater und Mitschuldigen, um ihm zu sagen und zu klagen, was vorgegangen war.

Der Vogt hatte den Eindruck, welchen die Szene in der Stube im »Hirschen« zu Zell auf ihn gemacht, längst aus seinem Herzen verwischt. Die alte Härte war in dasselbe zurückgekehrt. Er gab drum dem Ulrich den kurzen und harten Rat: »Hau sie einmal tüchtig durch, dann wird sie schon gescheit werden. Als ich ihr hier auf Mühlstein mit dem Strick gedroht, ist's auch besser geworden.«

Selbst dem Hermesbur war »diese Kur« noch zu früh, und er meinte, er wolle noch acht Tage zuwarten, ehe er zu den Schlägen seine Zuflucht nähme.

Während die zwei auf Mühlstein sich berieten, waren, wie üblich, auf dem Hermeshof die zur Hochzeitstafel geladenen Bürinnen erschienen mit den am Sonntag nach der Hochzeit üblichen Gegengaben an Geld, Tuch, Flachs und Riste[24].

---

24 Spinnfertiger Hanf.

Die Magdalene empfing alle mit freundlichem Ernst und bewirtete sie in damals herkömmlicher Art mit Eiern, Küchlein, Schinken, Most und Kirschenwasser. Die Bürinnen meinten beim Weggang: »Es tuet's am End' doch mit den zweien. Die Magdalene scheint sich gefunden zu haben.«

Gegen Abend – der Bur war noch nicht zurück – kam die »Zeine-Lies« aus dem Bärhag, eine alte Leichensagerin, welche stets eine Zeine[25] auf dem Kopfe trug, worin sie die fürs Leichensagen erhaltenen Naturalien (Bohnen, Zwiebeln usw.) verwahrte und deshalb den Namen trug. Sie hatte eine Kindsleiche in Nordrach anzumelden und war mit dieser Ansage bis auf den Hermeshof herabgewandelt, weil sie dachte, an dem Tage der Hochzeitsspenden werde bei der jungen Bürin auch etwas Besonderes für sie abfallen.

Sie täuschte sich nicht und erhielt eine ordentliche Portion »Küchle« in ihre Zeine. Dafür wollte sie aber der Bürin auch etwas Neues sagen.

Die Alte hatte schon von dem Singen gehört bei der Hochzeit. Man hatte in der abgelaufenen Woche auf allen Höfen davon gesprochen. Die Lies wußte also auch, daß die Neuigkeit die Hermesbürin interessiere.

»Habt Ihr auch schon gehört, was man heute vor der Nordracher Kirch' erzählt hat?« hub die Zeine-Lies an.

»Ich war in Zell in der Frühmess'«, entgegnete die Bürin, »und hab' nichts Neues gehört.«

»Nun«, fuhr die Alte weiter, »so wisset, man hat gesagt, des Öler-Joken Hans sei fort. Am Dienstag nacht hab' er seine Kleider zusammengepackt und sei's Tal hinaus. Einer der Klosterknechte in der Fabrik, der Glas und Farbe ins Elsaß geführt und gestern mittag wieder heimkam, hat erzählt, er habe am Donnerstag bei der Hinfahrt den Hans gesehen, wie er mit den österreichischen Werbern zum unteren Tor in Offenburg hinaus sei.«

25  Ein großer Korb aus Weidengeflecht.

»Jeses Marie!« rief die Magdalene erschrocken. »Ist der Hans fort!? Fort wegen mir!« Sie setzte sich auf die Stubenbank und fing an zu weinen und zu schluchzen.

Die Zeine-Lies entschuldigte sich, wie alte Weiber tun, wenn sie mit ihrer unüberlegten Zunge einen Schaden angerichtet, und schlich mit ihren »Küchle« davon.

Die Magdalene weinte noch, als der Bur heimkam. Er hatte den Heimweg über Zell genommen und noch einige Schoppen getrunken. Weibertränen reizen bekanntlich die Männer weit eher zum Zorn als zur Milde, namentlich wenn ihr Grund verheimlicht wird.

So ging es auch dem Ulrich, der ohnedies verstimmt war, dazu aufgehetzt vom Vogt und gereizt vom Wein. Sein Vorsatz, noch acht Tage zuzuwarten, ging rasch zuschanden, als er sein junges Weib im stummen Weinen traf und keine Aufklärung bekam. Er schlug sie, wie Bauern schlagen, grob und roh und kräftig.

Sie sprang hinaus in die Hausflur und flüchtete in die Kammer der Mägde. – In der Nacht ward sie irrsinnig. Stumpf und irr blieb sie fortan. Sie sang den ganzen Tag ihr Lied, lachte, weinte, aber es war nichts Vernünftiges mehr in ihr.

Tagsüber saß sie auf der Ofenbank oder in der Küche ohne jede Arbeit, und nachts war sie nur ruhig bei den Mägden.

Es war ein Jammer, das schöne, junge Weib in diesem Zustande zu sehen. Der Ulrich ging schweren Herzens, aber erst nach acht Tagen, auf Mühlstein und berichtete, was vorgefallen und wie unglücklich der Rat des Vaters ausgeschlagen habe.

Der harte Vogt meinte, das sei nur Verstellung, das Maidle müsse man nochmals tüchtig hauen, dann werde es schon wieder vernünftig werden. Er wolle selber kommen und eine »Radikalkur« vornehmen.

Er kam richtig, der harte Mann – aber kaum hatte die Unglückliche den Vater erblickt, als sie mit einem Schrei davonfloh, hinaus in den Wald, aus dem sie erst spät am Abend zurückkehrte und in die Kammer der Mägde schlich.

Der Physikus von Zell, den man geholt, wußte keinen anderen Rat, als sie ruhig gewähren zu lassen; es werde mit der Zeit vielleicht wieder anders werden. Das Gemüt sei gestört, und solange sie nicht tobe, solle man sie nicht hart behandeln.

Es vergingen Wochen. Der Schnee begann selbst auf den Höhen zu schmelzen. Auf den Matten unter dem Hermeshof fingen die gelben Schlüsselblumen zu blühen an, im Buchenwald ließen am Abend schon die Schwarzdrosseln sich hören. Der Frühling war im Anzug. Mit der Magdalene war es immer noch nicht besser. Sie saß ganze Tage lang am sonnigen Waldrand und sang leise ihr altes Klagelied oder brütete irr vor sich hin.

Der Ulrich war ein unglücklicher, schwer heimgesuchter Mann. Schon längst hatte er es bereut, auf Mühlstein gefreit, aber auch bereut, sein junges Weib so geschlagen zu haben. Mit der Zeit – da der Hans fort war – glaubte er, wäre es ohne das Schlagen doch besser geworden.

In allen Tälern im Klostergebiet und in den »Reichslanden« sprach man viel und vieles von der unglücklichen Heirat auf dem Hermeshof und von der »besundern« Magdalene, die nicht, wie andere, leichten Herzens ihre Jugendliebe mit einem anderen Manne vertauschen konnte.

Hart blieb nur der Vogt. Er war immer noch der Meinung, man könnte mit Schlägen das Maidle gescheit machen, das nur boshaft sei und sich verstelle, weil sein Wille nicht geschehen.

Er beredete den gutmütigen und beschränkten Ulrich, ihm Gelegenheit zu geben, die Magdalene zu überraschen, so daß sie nicht davonspringen könnte. So überfiel sie der Vater eines Tages während des Mittagessens und schlug sie abermals.

Die Unglückliche geriet in heftige Delirien oder, wie man in ihrer Familie heute noch erzählt, in eine »hitzige Krankheit«, aus der sie nach Wochen erst wieder erwachte, um zu sterben. Sie kam noch einmal zu sich. Man holte den Pfarrer von Zell, denselben Pater Haan, der sie getraut hatte und der im Totenbuch ausdrücklich bemerkt, daß sie »mit allen Sakramenten versehen worden sei«.

Dienstag den 17. Januar 1785 war sie am Traualtar gestanden, und Dienstag den 15. März desselben Jahres haben zwei Pferde des Hermesburen die junge Bürin im Sarge hinabgeführt auf den Zeller

Kirchhof »unter den Eichen«, und der Pater Pirmin Haan hat sie begraben. –

Als der Knecht vom Hermeshof am Sonntag zuvor auf Mühlstein geeilt war mit der Kunde, die Bürin sei gestorben, da fuhr es in den starken, harten Vogt, wie ein Blitzstrahl in eine alte Eiche.

Er fing an zu weinen wie ein Kind, und dann reichte er seiner weinenden Frau die Hand und sprach: »Mutter, ich hab' der Magdalene schweres Unrecht angetan. Gott mög' mir verzeihen.«

Am Dienstag schritten hinter dem Sarg her der Vogt und der Ulrich wie zwei arme, todeswürdige Sünder und beteten – der Vater unter Weinen – mit den Betenden: »Herr, gib ihr die ewige Ruhe, und das ewige Licht leuchte ihr.«

Und als die Leute aus dem Kirchhof herausgingen nach der Beerdigung, da meinte manch alte Bürin: »Man sollte eben nie ein Kind zwingen zum Heiraten« – und alles sprach von der armen Magdalene, die so jung und so elend ihr Leben endigen mußte.

Und nachdem der Vogt mit seinem Weib und seinen vier erwachsenen Buben am Abend heimgekehrt war und alle in der Stube still und traurig ihre Nachtsuppe aßen, da sprach der Vater: »Wenn ich hundert Kinder hätte, ich würde keines mehr zum Heiraten zwingen. Heiratet, wen ihr wollt, ihr Buben, ob reich oder arm, wenn's nur euer freier Wille ist. Mir geht es mein ganzes Leben nach, was ich am Maidle gesündigt habe.«

Einst hatte er gesagt: »Liebe wächst nicht auf Mühlstein«, und er hatte am Maidle erfahren, wie sie doch gedieh und stark ward bis zum Tod. Und sie wuchs auch fortan. Seine Buben heirateten alle nach Herzensneigung, drei sogar arme Mädchen auf Taglöhnergütchen. –

Am Sonntag nach der Beerdigung der Magdalene lag lieblicher Frühling über dem Kirchhof »unter den Eichen«. In Zell und in Nordrach war alles in der Kirche. Rings um den Gottesacker war so tiefe Stille wie über seinen Gräbern selber.

Da schritt von Lindach her eine Frauengestalt. Sie trug ein Körblein mit Blumen in den Händen. Die Blumen waren »Monerle« und »rote Mattengele«, wie sie zur Frühjahrszeit die Bäuerinnen des mittleren

Kinzigtales samt den Wurzeln auf den Markt nach Hasle tragen, wo dann die Schwarzwälder aus der Gegend von Triberg und Schramberg sie, diese Erstlinge des Frühlings, kaufen und heimbringen in ihre Gärtchen auf den rauhen Höhen.

Solche Blumen trug die Frauensperson in ihrem Körblein in der Rechten. In der Linken hatte sie ihr rotes »Fazzinettli« und wischte sich damit fortwährend die Tränen aus den alten Augen.

»Unter den Eichen« verließ sie die Straße und schritt dem Gottesacker zu. Leise trat sie ein und vor das neue Grab der Magdalene. Sie stellte das Körblein ab, faltete die Hände über dem feuchten Fazzinettli, weinte und betete ein Vaterunser und »Herr, gib ihr die ewige Ruhe«. Dann kniete sie nieder, nahm die Blumen aus dem Körblein und setzte sie auf das frische Grab und begoß sie mit ihren Tränen.

Und als sie zu Ende war, sprach sie: »'s Maidle isch halt immer a Edelfräule gsi, drum isch ihm 's Herz gebrochen. Gott geb' dem armen Tropf die ewig Ruah!«

Dann betete sie noch ein paar Vaterunser und ging, die Tränen trocknend, von dannen.

Es war die alte Marianne gewesen, die treue Magd auf Mühlstein. Die Bürin, die Mutter der Toten, hatte ihr die Blumen ins Körble gegeben, und sie hatte sie durch den Wald heruntergetragen und in Tränen aufs Grab »des toten Edelfräules« gepflanzt.

Die Wellen der Liebe schlagen in der Regel jedes Jahr schwächer an unsere Gräber. »Versunken und vergessen« ist nicht bloß des Sängers Fluch, sondern unser aller Los.

Das Grab der Magdalene »unter den Eichen« ward nicht so schnell vergessen. Im Herbst kam die Marianne wieder und pflanzte Astern unter das Kreuz, und am Allerheiligennachmittag kamen der Vogt und die Mutter und beteten und weinten und grämten sich über das zu Tode gequälte Maidle.

So kamen die drei, solange sie lebten. Der Ulrich kam nicht einmal am ersten Allerseelentag. Er hatte keine Liebe erfahren und war auch keine schuldig, und Reue fühlte er sicher nicht lange. Schon am folgenden 26. April 1785, also kaum einige Wochen nach dem Tode der Magdalene, hatte er als dritte Bürin des Vollmer-Jörgen Tochter aus dem Oberentersbach auf den Hermeshof geführt. So meldet das Ehebuch in Zell und läßt tief blicken in Ulrichs Seele.

Das dritte Weib war ihm holder. Er ward Vater vieler Kinder. Die Buben des Hermesburen waren intelligente Burschen. Da nur der Jüngste den Hof bekommen konnte, blieb den anderen wie herkömmlich nur übrig, als Knechte zu dienen, bis ein Zufall sie auf einen Hof, dessen Geschlecht im Mannsstamm erlosch, bringen könnte. Das war den zwei Ältesten zu wenig. Sie gingen lieber in die neugegründete Steingutfabrik nach Zell und wurden »Porzellanmacher« und tüchtige, fleißige Arbeiter.

Als der alte Ulrich Faißt 1816, 84 Jahre alt, starb und jeder seiner Buben ein hübsches Stück Geld bekam, gründeten die zwei im württembergischen Schwarzwald, in Schramberg, eine eigene, große Porzellanfabrik, die heute noch blüht. Auf dem Hermeshof aber ist das Geschlecht der Faißten jetzt untergegangen.

Im »Adler« im Hambe, dem besten Wirtshaus im alten Reichstal, hängt heute noch das Bildnis des Ulrich; denn die greise Adlerwirtin ist seine Enkelin.

# 9.

Es war am Begräbnistag der Magdalene, am 15. März des Jahres 1800. Der Vogt war alt geworden, ein guter Siebziger, und hatte Hof und Vogtei seinem Jüngsten, dem Symphorian, übergeben. Er selbst wohnte im Libdinghus, das er sich vor Jahren neben dem Hof errichtet.

Der Winter war lange und hart gewesen auf den Höhen des Kinzigtales und der Vogt ungeduldig geworden auf seiner Ofenbank.

Endlich war das Frühjahr gekommen und der Schnee auf der Haldeneck und auf der Flacken gewichen. Die Sonne schien warm an die kleinen Fenster in des Alten Leibgedingstüble. Drum wollte er den ersten schönen Tag benutzen, um seinen Sohn, den Hansjörg, zu besuchen, der im Nordracher Tal drüben, im Bärhag, ein kleines Gütle hatte, und dem er, als er zum Neujahranwünschen auf Mühlstein gewesen war, versprochen, mit dem ersten Frühling hinabzukommen zum Besuch.

Es war, wie gesagt, der fünfzehnte Jahrestag des Begräbnisses der Magdalene. Der Vater wollte im Bärhag übernachten, da der Weg hin und zurück in einem Tag für sein Alter zu beschwerlich gewesen wäre.

Die Sonne schaute prächtig warm auf die Höhe, über die der alte Vogt am Nachmittag hinschritt, immer noch ein stattlicher Bauersmann. Bald ging es durch den Wald bergab, dem Stollengrund zu. Je tiefer er aber in den Wald kam, um so mehr fand sich noch vergletscherter Schnee, und der alte Mann hatte schlimm zu gehen.

Im dichtesten Walde, da, wo der Hans und die Magdalene zum letzten Male allein sich gesprochen, war auch der Schnee am eisigsten und hier stürzte der Greis und blieb, am Rückgrat verletzt, hilflos liegen.

Unweit davon, drunten im Dobel, lag der Stollenhof; aber vergeblich rief und jammerte der Vogt den Tag über und in die Nacht hinein. Kein Mensch hörte ihn. Die Raben und Eulen allein gaben düsteres Echo auf seine Klagerufe. Es muß eine furchtbare Todesnacht und eine furchtbare Todesqual für den alten Mann gewesen sein.

Wo Hans und Magdalene voll tiefsten Herzwehes ihrer Liebe Zukunft in kalter Herbstnacht begraben mußten, im Stollengrund, im dunkeln Tannenwald, da mußte in kalter Frühlingsnacht der harte Vater eines schrecklichen Todes sterben.

Über dem Stollengrund drüben, am Waldrand östlich vom Stollenhof, liegt ein einsames Taglöhnerhaus, das damals der »Waldhans« besaß. Sein Geißenhirt trieb am Morgen des 16. März in aller Frühe seine Ziegen durch den Stollenwald der Flacken zu, damit sie Brombeerblätter suchten; denn dem Waldhans war 's Futter ausgegangen.

Der Geißbub fand im Walde einen toten Mann und eilte zurück, seinen Meister zu holen. Der kam und erkannte den alten Vogt von Mühlstein. In der Nacht schon hatte er geglaubt, vom Wald her rufen und klagen zu hören, aber in der Ferne gemeint, es wären Rufe von Käuzchen, und war wieder eingeschlafen.

Erschreckt eilte er Mühlstein zu und berichtete, was geschehen. Der Symphorian sattelte ein Roß, ging mit dem Waldhans in den Wald zurück, lud den toten Vater aufs Pferd und führte ihn heim.

Zwei Tage darauf haben die Schottenhöfer und Lindacher ihren alten Vogt auch »unter den Eichen« begraben, und der Abt Bernhard sandte den Oberschaffner Scheffel[26] und den Großkellner Pater Johann Baptist, um dem alten treuen Klostervogt, der so unglücklich ums Leben gekommen, die letzte Ehre zu erweisen. –

Einundneunzig Jahre später, an einem hellen, sonnigen, aber rauhen Frühlingstag, hab' ich die Todesstätte des Vogts im Stollenwald aufgesucht.

Sein Urenkel, Michael Erdrich, der Hofbauer in der Buchen, war mein Führer. Ich war über Gengenbach von der Kornebene herab ins Nordracher Tal gestiegen.

Nach einer stärkenden Rast auf dem Rautschhof ging's wieder bergauf der waldigen Bergwand zu, in deren Mitte der Stollengrund liegt.

Wie bei des Vogts Todesgang lag auch jetzt an vielen Stellen im dichtesten Wald noch Schnee. Sein Urenkel bog hinter dem Stollenhof vom Waldweg ab und führte mich an der steilsten Stelle aufwärts in die dunkeln Tannen. In wenigen Minuten standen wir an einem bemoosten, steinernen Bildstock. »Hier«, sprach mein Begleiter, »ist der Vogt tot gefunden worden, und da ist sein Bildstock.«

Ich machte den Stein vom Moos frei und las: »An dieser Stelle ist der geweste Vogt Anton Muser von Mühlstein, Vogt von den Schottenhöfen, in der Nacht vom 15. auf den 16. März 1800 verfroren. Dieser Stein wurde errichtet von Christian Muser, in der Fabrik Nordrach Glasmeister und Steinhauer, sein Enkel.«

Sein Urenkel aber, der Michael, hatte indes sein Haupt entblößt und betete für die Seelenruhe seines Urgroßvaters, und ich folgte seinem schönen Beispiel. –

---

26  Großvater des Dichters Viktor v. Scheffel.

Vom Hans hatte man seit jenem Tage, da der Klosterknecht ihn mit den Werbern zum Tore von Offenburg hinauswandern gesehen, nichts mehr gehört.

Es standen junge Burschen aus allen benachbarten Tälern bei kaiserlichen Regimentern. Öfters während des Jahres gingen Rekruten ab und kamen gediente Soldaten zurück. Aber keiner der letzteren wußte etwas vom Öler-Hans.

Da rückte im Jahre 1792 der kaiserliche General Wurmser gegen die französische Rheinarmee ins Elsaß ein. Es wurden Schanzen aufgeworfen und die Bauern aus dem Breisgau und Kinzigtal zu Tausenden dazu kommandiert. Fast täglich sah man in den Jahren 1792 und 1793 Scharen junger Bauern aus dem Kinzigtal, mit Schaufeln und Picken bewaffnet, gen Kehl ziehen – zum Schanzen.

Im Herbst 1793 lagen die Kaiserlichen bei Hagenau. Dahin kamen auch Schanzer aus dem Kinzigtal, aus den Kloster- und Reichsgebieten um Zell; unter ihnen befand sich Öler-Jok der Jüngere, der Bruder des Hans.

Der Jok war ledig geblieben und hatte als der Jüngste sein Vorrecht auf den Hof dem anderen Bruder, dem Hansmichel, abgetreten. Das Schicksal des Hans hatte ihn vielleicht abgeschreckt vom Heiraten[27]. Als lediger Mann übernahm er für seinen verheirateten Bruder die Kriegsfronen und ging mit den Schanzern.

Diese wurden der Ordnung halber und ihrer großen Zahl wegen von Soldaten überwacht.

Eines Tages erschien bei den Arbeitern aus dem Kinzigtal ein Zug Kroaten unter Führung eines Korporals, um Dienst zu tun bei den Schanzern.

Als der Öler-Jok den Korporal, der einen mächtigen Schnurrbart trug, ansah, sagte er zu seinen Mitschanzern, jüngeren Bauernknechten aus dem Nordracher Tal: »Wenn unser Hans noch lebt, so ist es der Korporal!«

---

27   Er handelte später mit Holz, kam in den Napoleonischen Kriegen um sein schönes, erworbenes Vermögen und starb am 12. Februar 1843, 88 Jahre alt, als Gemeinde-Armer.

Dieser, dessen Regiment erst vor einigen Tagen auf dem Kriegsschauplatz eingerückt war, erkannte die schanzenden Bauern an ihrer Tracht als seine Landsleute.

»Das sind ja Nordracher« sprach er zu dem ihm zunächst arbeitenden Bauer. Jetzt warf der Jok, der weiter unten arbeitete und die Worte gehört hatte, die Schaufel weg, ging auf den Kroatenkorporal zu, streckte ihm die Hand entgegen und sagte: »Und du bist unser Hans!«

Und so war es. Die innere Freude, nach so vielen Jahren Landsleute aus der Heimat zu sehen, hatte den Hans überwältigt. Er hatte sich mit seiner Anrede: »Das sind Nordracher« dem Jok vollends verraten.

Am Abend saßen beide Brüder im Feldlager und erzählten sich alles, was seit jener Winternacht, da der Hans davongegangen, sich ereignet. Die erste Frage des Kroatenkorporals war gewesen: »Leben Vater[28] und Mutter noch?« und die zweite: »Wie geht es auf dem Hermeshof?«

Und als der Jok ihm auf diese zweite Frage erzählte, daß die Magdalene schon über acht Jahre unter dem Boden liege, daß sie nur acht Wochen verheiratet gewesen, wie und warum sie mißhandelt worden und gestorben sei – da rannen dem Korporal die hellen Tränen in seinen langen Kroatenbart.

Er hatte genug gehört, und was er gehört, konnte ihn nicht bestimmen, dem Rat des Bruders Jok zu folgen, nach dem Kriege wieder heimzukommen, wo es doch schöner sei als in der fremden Welt draußen.

Die Brüder kamen noch einige Tage in jeder freien Stunde zusammen, aber von der Heimat durfte der Jok nichts mehr erzählen. Der Hans berichtete ihm von seinen Garnisonen und was er alles gesehen in der Fremde.

Die Schanzen, die den allenfallsigen Rückzug der Kaiserlichen decken sollten, waren fertig. Die kriegerischen Operationen sollten beginnen. Die Bauern wurden heimgeschickt. Die Brüder nahmen Abschied.

---

28  Der alte Öler-Jok starb erst 1808, 82 Jahre alt.

General Wurmser schickte sich zum Angriff über Hagenau hinaus, den »Weißenburger Linien« zu, hinter denen die Franzosen standen.

Kaum waren die Bauern fort, als der Korporal sich bei seinem Hauptmann meldete und um einen achtzehnstündigen Urlaub bat. »Urlaub vor dem Feind?« schrie der Offizier. »Er ist mir ein schöner Soldat, Öler. Schäm' Er sich!«

»Halten's zu Gnaden«, erwiderte der auch in der Sprache zum Österreicher gewordene Nordracher, »ich steh' jetzt acht Jahre beim Regiment und hab' nie einen Urlaub gehabt. Aber jetzt möcht' ich halt nur noch einmal z' Haus.«

»Ich weiß«, erwiderte der Offizier, »daß Er stets ein tüchtiger Soldat war; aber daß Er jetzt vor dem Feind Urlaub will, das begreife ich nicht. Haben die Bauern aus der Heimat Ihm Heimweh gebracht?«

»Herr Hauptmann, ich will es Ew. Gnaden sagen, warum ich z' Haus möcht', aber ich bitt' schön, mich nicht auszulachen. Es tät' mir weh.«

»Sag Er's nur heraus. Was Besonderes muß es schon sein, daß Er mit Gewalt in Urlaub will.«

Und nun erzählte der Hans in schlichten Worten die Geschichte seiner Liebe zu Vogts Magdalene mit allen Einzelheiten, die wir kennen, bis zum Abend seiner nächtlichen Abreise.

Er erzählte ferner, wie er von seinem Bruder erfahren, was die Magdalene seinetwegen gelitten habe und wie sie gestorben sei, und wie er nun nur noch einen Wunsch habe, auf ihrem Grab sie zu besuchen und dann als braver Soldat auf dem Schlachtfeld zu sterben und ihr nachzufolgen in die Ewigkeit.

Der Hauptmann, ein alter Haudegen, der von der Pike auf gedient und sonst keine Anlage für Gemütsbewegung mehr hatte, war tief gerührt vom Schicksal des Korporals und seiner Geliebten.

»Wieviel Stunden braucht Er hin und zurück?« fragte der alte Schnauzbart.

»In achtzehn Stunden wollt' ich's fertigbringen«, antwortete der Korporal.

»Gut, ich will dem Obristen Meldung machen und ihm alles erzählen. Es wird ihn auch freuen, daß der Korporal Öler von meiner

Kompagnie ein so treuer, guter Kerl ist und keinen Wunsch mehr hat, als ein teures Grab zu sehen und dann als braver Soldat zu sterben.«

Am Abend brachte ihm der Hauptmann den gewünschten Urlaub, von morgens vier Uhr bis abends zehn Uhr, und vom Obristen noch einen Maria-Theresia-Taler auf die Reise. Der Obrist wolle, so fügte der Offizier bei, den Mann nach seiner Rückkehr auch sehen.

Ehe es tagte am folgenden Oktobermorgen, ging der Korporal bei Neufreistett über den Rhein und eilte Offenburg und dem Kinzigtal zu. –

Der alte Totengräber von Zell wollte an diesem Morgen noch vor Mittag ein Grab fertigmachen. Die Mittagsstunde überraschte ihn aber, ehe er ganz zu Ende war. Er stand eben, auf seine Schaufel gelehnt, an dem ausgehobenen Grabe und betete barhäuptig den Englischen Gruß; denn auf der Pfarrkirche läutete es zwölf Uhr. Da trat hastig ein kaiserlicher Soldat in den stillen Ort, kam auf den Totengräber zu und fragte: »Wo ist das Grab der Hermesbürin, die des Vogts Tochter auf Mühlstein war?«

»Es wird jetzt so acht Jahre sein, daß ich ihr das Grab gemacht habe«, antwortete der Alte, mit einem befremdenden Blick den Krieger anschauend. »'s war eine große Leich', und so lang ich Totengräber bin, hab' ich noch nie so viel Leute weinen sehen. Ihr werdet wissen warum? Seid Ihr doch wohl ein Sohn vom alten Vogt?«

»Ich weiß warum, bin aber kein Bruder der Toten«, antwortete der Soldat. »Aber zeigt mir das Grab, ich habe Eile!«

»Dort hinten in der Ecke«, sprach der Totengräber, mit der Hand hinzeigend, »seht Ihr ein eisernes Kreuz glänzen. Es ist ein Meisterwerk vom Schmied am oberen Brunnen; der Vogt hat's machen und vom Klostermaler in Gengenbach vergolden lassen. Unter jenem Kreuz liegt die junge Hermesbürin. Der Name steht auch dabei. Die alte Marianne, die Magd vom Mühlstein, hat erst vor vierzehn Tagen Winter-Astern aufs Grab gesetzt.« –

»Ich weiß nicht«, meinte der Totengräber, als der Korporal fortgeeilt war und er selbst seine Arbeit wieder aufgenommen hatte, »am End' ist das der Schatz der Hermesbürin, um dessentwillen, wie die Leute sagen, sie so viel hat mitmachen und sterben müssen. Ich will doch sehen, ob er auch betet am Grabe.«

Der Alte schlich etwas vorwärts, bis er in dem Wald von Kreuzen eine Reihe gefunden hatte, durch die er von ferne zum vergoldeten Kreuz hinübersehen konnte. Dort kniete der Soldat vor dem Grabe, betete und trocknete sich die Tränen ab.

Wie eine verklärte Märtyrin stand die treue Magdalene vor dem braven Hans, und er dachte an all das Weh, das sie seinetwegen erduldet, und er glaubte, solche Treue könne nur nach Verdienst gewürdigt werden, wenn ihm selber das Leben gleichgültig und der Tod mit der Hoffnung des Wiedersehens in einer besseren Welt erwünscht wäre.

Und er kniete und betete lange, lange unter heißen Tränen für ihre Seele und für sich um einen baldigen ehrlichen Soldatentod.

Gestärkt und getröstet durch diese Gedanken, beruhigt, daß er das Grab der Magdalene gesehen und sie besucht habe »unter den Eichen«, erhob er sich.

Er pflückte noch eine blühende Aster vom Grabe und nahm sie mit.

Den Maria-Theresia-Taler des Obristen und noch einen zweiten dazu gab er dem Totengräber, der seine Grube eben beendet hatte, und bat ihn, in der Wallfahrtskapelle drei heilige Messen lesen zu lassen nach seiner Meinung und bisweilen, wenn er gerade vorbeigehe, das Gras auf dem Grabe auszureißen, damit die Blumen der Marianne gut wachsen könnten.

Dann reichte der Krieger dem Alten, der seinen Hut abgenommen hatte, als er die zwei Kronentaler sah, die Hand und schritt zum Gottesacker hinaus, so eilig, als er gekommen war.

Der Totengräber schaute erst seine Taler nochmals an, damit er's eher glaube, und dann dem Soldaten nach und sagte laut vor sich hin: »Das ist sicher der, für den die Hermesbürin so viel gelitten hat.« Und im Städtle erzählte er, was ihm heute begegnet.

Der Fremdling hatte auf der Straße einen kurzen, wehmütigen Blick das Nordracher Tal hinaufgeworfen. Dort droben lagen der Hermeshof, die Dorfkirche und das Vaterhaus.

Aber er konnte und wollte nicht heim. Er mußte auf den Abend wieder im Elsaß sein, und ihm und den Eltern wäre das Herz nur schwerer geworden durch einen Besuch, dem der Abschied im selben Augenblick hätte folgen müssen. –

Pünktlich traf der Kroatenkorporal im Feldlager bei Hagenau ein. Die Tage der Entscheidung rückten näher und näher. Ein Sturm auf die »Weißenburger Linien« durch die Kaiserlichen war zwischen der preußischen und österreichischen Kriegsleitung beschlossen und der 13. Oktober als der Tag, die Operationen zu eröffnen, ausgemacht.

Sobald der Korporal Öler wußte, daß es in den nächsten Tagen an den Feind gehe, suchte er den Franziskaner-Feldpater seines Regiments auf und machte seine Rechnung mit dem Himmel.

Am 13. und 14. Oktober wurden die Weißenburger Linien durch die Österreicher unter General Wurmser nach blutigem Ringen erstürmt. –

Einige Tage nach der Schlacht kam ein Zeller Kontingentssoldat dahergehunken. Er hatte bei der Affäre einen Schuß ins Bein bekommen und war heimgeschickt worden. Der erzählte, daß die Kroaten am meisten Leute verloren hätten, sie seien aber auch am weitesten voran gewesen.

Seitdem blieb Hans Öler, der Korporal, verschollen. An den Weißenburger Linien hatte er gefunden, was er gesucht – den Tod. –

Am gleichen Tage, da ich, den Totenstein des Vogts suchend, das Nordracher Tal hinaufging, sah ich auch des Hansen Vaterhaus, eine alte Strohhütte, vom Weg nur durch das Talbächlein getrennt. Es dürfte kaum etwas Wesentliches an ihm verändert worden sein seit den Tagen des Öler-Joken. Uralt und malerisch sah alles aus.

Am Brunnen vor dem Hause stand ein junges, frisches Mädchen, ein Zeichen, daß die Menschen jung und alt werden, kommen und gehen im gleichen Hause.

»Unter den Eichen« aber ruhen im Frieden des Todes der Vogt, der Ulrich und die Magdalene. Ihre Gräber sind verschwunden wie die Kreuze darüber.

Mögen sie, die Toten, es mir verzeihen, daß ich sie aufgeweckt – den Lebenden zum Gedächtnis.

## Erzählungen der Frühromantik

1799 schreibt Novalis seinen Heinrich von Ofterdingen und schafft mit der blauen Blume, nach der der Jüngling sich sehnt, das Symbol einer der wirkungsmächtigsten Epochen unseres Kulturkreises. Ricarda Huch wird dazu viel später bemerken: »Die blaue Blume ist aber das, was jeder sucht, ohne es selbst zu wissen, nenne man es nun Gott, Ewigkeit oder Liebe.«

**Tieck** Peter Lebrecht **Günderrode** Geschichte eines Braminen **Novalis** Heinrich von Ofterdingen **Schlegel** Lucinde **Jean Paul** Des Luftschiffers Giannozzo Seebuch **Novalis** Die Lehrlinge zu Sais
*ISBN 978-3-8430-1878-4, 416 Seiten, 29,80 €*

## Erzählungen der Hochromantik

Zwischen 1804 und 1815 ist Heidelberg das intellektuelle Zentrum einer Bewegung, die sich von dort aus in der Welt verbreitet. Individuelles Erleben von Idylle und Harmonie, die Innerlichkeit der Seele sind die zentralen Themen der Hochromantik als Gegenbewegung zur von der Antike inspirierten Klassik und der vernunftgetriebenen Aufklärung.

**Chamisso** Adelberts Fabel **Jean Paul** Des Feldpredigers Schmelzle Reise nach Flätz **Brentano** Aus der Chronika eines fahrenden Schülers **Motte Fouqué** Undine **Arnim** Isabella von Ägypten **Chamisso** Peter Schlemihls wundersame Geschichte **Hoffmann** Der Sandmann **Hoffmann** Der goldne Topf
*ISBN 978-3-8430-1879-1, 408 Seiten, 29,80 €*

## Erzählungen der Spätromantik

Im nach dem Wiener Kongress neugeordneten Europa entsteht seit 1815 große Literatur der Sehnsucht und der Melancholie. Die Schattenseiten der menschlichen Seele, Leidenschaft und die Hinwendung zum Religiösen sind die Themen der Spätromantik.

**Brentano** Die drei Nüsse **Brentano** Geschichte vom braven Kasperl und dem schönen Annerl **Hoffmann** Das steinerne Herz **Eichendorff** Das Marmorbild **Arnim** Die Majoratsherren **Hoffmann** Das Fräulein von Scuderi **Tieck** Die Gemälde **Hauff** Phantasien im Bremer Ratskeller **Hauff** Jud Süss **Eichendorff** Viel Lärmen um Nichts **Eichendorff** Die Glücksritter
*ISBN 978-3-8430-1880-7, 440 Seiten, 29,80 €*

### Erzählungen aus dem Biedermeier

Biedermeier - das klingt in heutigen Ohren nach langweiligem Spießertum, nach geschmacklosen rosa Teetässchen in Wohnzimmern, die aussehen wie Puppenstuben und in denen es irgendwie nach »Omma« riecht.

Zu Recht. Aber nicht nur.

Biedermeier ist auch die Zeit einer zarten Literatur der Flucht ins Idyll, des Rückzuges ins private Glück und der Tugenden. Die Menschen im Europa nach Napoleon hatten die Nase voll von großen neuen Ideen, das aufstrebende Bürgertum forderte und entwickelte eine eigene Kunst und Kultur für sich, die unabhängig von feudaler Großmannssucht bestehen sollte.

**Georg Büchner** Lenz **Karl Gutzkow** Wally, die Zweiflerin **Annette von Droste-Hülshoff** Die Judenbuche **Friedrich Hebbel** Matteo **Jeremias Gotthelf** Elsi, die seltsame Magd **Georg Weerth** Fragment eines Romans **Franz Grillparzer** Der arme Spielmann **Eduard Mörike** Mozart auf der Reise nach Prag **Berthold Auerbach** Der Viereckig oder die amerikanische Kiste

*ISBN 978-3-8430-1884-5, 444 Seiten, 29,80 €*

### Erzählungen aus dem Biedermeier II

**Annette von Droste-Hülshoff** Ledwina **Franz Grillparzer** Das Kloster bei Sendomir **Friedrich Hebbel** Schnock **Eduard Mörike** Der Schatz **Georg Weerth** Leben und Taten des berühmten Ritters Schnapphahnski **Jeremias Gotthelf** Das Erdbeerimareili **Berthold Auerbach** Lucifer

*ISBN 978-3-8430-1885-2, 440 Seiten, 29,80 €*

### Erzählungen aus dem Biedermeier III

**Eduard Mörike** Lucie Gelmeroth **Annette von Droste-Hülshoff** Westfälische Schilderungen **Annette von Droste-Hülshoff** Bei uns zulande auf dem Lande **Berthold Auerbach** Brosi und Moni **Jeremias Gotthelf** Die schwarze Spinne **Friedrich Hebbel** Anna **Friedrich Hebbel** Die Kuh **Jeremias Gotthelf** Barthli der Korber **Berthold Auerbach** Barfüßele

*ISBN 978-3-8430-1886-9, 452 Seiten, 29,80 €*